光文社文庫

文庫書下ろし

ひかる風

日本橋牡丹堂　菓子ばなし㈣

中島久枝

光　文　社

この作品は光文社文庫のために書下ろされました。

目次

仲冬

お武家好みの腰高《こしだか》饅頭《まんじゅう》

7　仲冬　お武家好みの腰高饅頭

一

七十二候では「閉塞成冬《そらさむくふゆとなる》」。今年初めての霜柱が立った。今年ももう残りわずか。鈍色《にびいろ》の空の下、日本橋の通りを菓子屋二十一屋《にじゅういちや》の徹次《てつじ》と伊佐《いさ》、小萩《こはぎ》の三人が歩いている。親方の徹次は黒紋付の羽織で職人の伊佐もいつもの仕事着ではなく、藍色の着物、小萩も家から持って来たよそ行きを着ている。

三人が慣れない正装をしているのは、山野辺《やまのべ》藩の江戸上屋敷に向かっているからだ。どうやら菓子の注文を受けることができるらしい。大名家へのお出入りが許されるのである。

山野辺藩は西国《さいごく》の十万石大名である。藍の生産で有名で、広い平野があり、海も山もある豊かな土地と聞いている。藩主の宗孝《むねたか》はまだ三十歳になるかならずだが、俊英と言われている。武術に優れ、能や和歌、茶道にも精通している。清新な気風にあふれ、勢いのある藩から声がかかったのである。江戸に何十、何百菓子屋があるか分からないが、二十一屋を選び、声をかけてくれた。なんとも名誉な、めでたいことではないか。

徹次は胸をはり、堂々とした足取りである。伊佐の頬も紅潮している。小萩はふっと息を吐いた。刺すような冷たい風が心地よく感じるのは、気持ちが高ぶっているからだろう。

二十一屋は日本橋の浮世小路《うきよこうじ》にある菓子屋である。菓子屋《くわしや》（九四八）だから足して二十一という洒落《しゃれ》で、のれんに牡丹《ぼたん》の花を白く染め抜いているので牡丹堂と呼ぶ人もいる。大福から風流な茶席菓子まで扱い、味と姿の美しさには定評があるが、総勢七名の小さな所帯だ。

十七歳の小萩がこの見世《みせ》で働き始めてもうじき二年になる。江戸の菓子に憧れ、自分でもつくれるようになりたいと鎌倉のはずれの村からやってきた。つきたてのお餅みたいなふっくらとした頬に黒い瞳。小さな丸い鼻。美人ではないが愛らしい顔立ちの娘である。

三人は山野辺藩の上屋敷の前に立った。見上げるような大きな門である。ぐるりと高い石垣塀に囲まれ、背の高い木々が生い茂って中の様子はうかがい知れない。さすがは大名屋敷という壮麗さである。

徹次は小さく「よし」とつぶやき、あごをひいた。小萩が横にいる伊佐をちらりと見ると、こちらも気合を入れているらしい。小萩もお腹に力を入れた。

石垣に沿って裏門に回り、門番に用件を告げて中に入る。出て来た女中に用件を伝えると、北側の小さな部屋に通された。

山野辺藩の使いが来たのは、つい一昨日《おととい》のことである。菓子を注文したい、ついては一度屋敷に参れということであった。

山野辺藩は長年、伊勢松坂《いせまつざか》が御用を務めている。伊勢松坂は百年からの歴史があり、職人も二十人からいる大店《おおだな》である。大名家の御用を賜《たまわ》るのは、そうした大店であると小萩はもちろん、旦那の弥兵衛《やへえ》もおかみのお福《ふく》も思っていたらしい。

青天の霹靂《へきれき》とはこのことである。びっくりを通り越して、目を白黒させた。ようやくうれしさを実感したのは、半日ほど経《た》ってからだ。

しかし、考えてみると予兆はあった。

十日ほど前、隣の味噌問屋のおかみがやって来てたずねた。

「お宅は嫁取りでもあるんですか？　なんだか、お宅のことをあれこれ聞きに来た人がいたけれど」

おかみのお福は首を傾《かし》げた。徹次は娘婿で妻のお葉《よう》は九年前に亡くなっているが、嫁取りのつもりはない。徹次の息子の幹太《かんた》はまだ十五歳だ。

「そうよねぇ。孫の幹太さんはまだ若いし、徹次さんっていうことはないだろうし。なんなんだろうって、うちとも話をしていたんですよ」

近所では見かけない顔で、主人はどんな男で職人は何人いるかから始まって、一人一人の素行やら、金遣いやら、微細にわたり聞いていったそうだ。

その後、山野辺藩から使いが来て合点がいった。牡丹堂の評判を聞きに来ていたのである。


お茶の一杯もでないまま、三人はずいぶん長い間待たされた。耳をすますが廊下を歩く人の足音が聞こえない。奥の端っこの部屋のようだ。

「忘れられちまったんじゃねぇのか。小萩、ちょっとその襖《ふすま》を開けて、廊下の様子を見てみろ」

伊佐が小萩を肘でつつく。

「まぁ、落ち着いて待て。向こうが呼んだんだ。そのうち、来るだろう」

薄く目を閉じていた徹次が言った。

それからまだしばらく待った。ようやく襖が開いて、二人の侍が入ってきた。一人は年寄りである。やせて鶴のように首が長い。渋い顔である。苦虫をかみつぶしたような顔というのは、このことだろう。

もう一人は四十に手が届くところか。背が低く、着物の襟が詰まって見えるほどの猪首《いくび》である。こちらも渋面。一体何が気に入らないのか。

「こちらが台所役首座の井上三郎九郎勝重《いのうえさぶろうくろうかつしげ》様。私は補佐の塚本平蔵頼之《つかもとへいぞうよりゆき》である」

重々しい調子で若い方が言った。

名前が長いのは家柄がいいということか、役職が重いということか、その両方か？　小萩はひそかに首をひねる。

徹次と伊佐、小萩の三人は平伏する。

「そちらの評判を聞いて一度注文してみようということになった。ついては次の宴が十日後にあるので、その菓子を頼みたい。数は二十個」

頼之が伝え、勝重は横でうなずいている。

再び平伏する。

こちらからあれこれたずねるのは不作法であるから、言葉を待つようにとは、大名家へのお出入りを許されている船井屋《ふないや》本店の主人の忠告である。

次の言葉を待ったが、勝重と頼之は黙っている。しびれをきらした徹次がたずねた。

「菓子はどのようなものをご所望でしょうか」

「決まっておる。紅白の腰高饅頭《こしだかまんじゅう》だ。中はこしあん」

勝重と頼之はそんなことも分からないのかという顔をした。腰高饅頭は普通の饅頭よりも高さのある饅頭で、三方《さんぼう》などに積むと見栄えがする。

「かしこまりました」

三人はまた平伏する。

小萩がそっと顔をあげると前に座る徹次の背中が見えた。板を張ったように突っ張っている。饅頭を二十個頼むのに、そんなにそっくり返らなくちゃならねぇのかと言っているようだ。

「それから通《かよ》い函《ばこ》をご用意願いたい。ご存知であろうが、我が藩の紋は違い鷹の羽である」

通い函は菓子を届けるための函である。漆《うるし》塗りに青貝を配した立派なものを用意する見世もあると聞く。漆塗りの通い函を誂《あつら》えたら、菓子の代金の何倍もかかってしまう。通い函を用意しろということは、これからも注文をもらえるということか。二十個は手始めの見本のようなもので、よいとなったら百個、二百個と注文が来るのだろうか。

小萩の頭の中でさまざまな思いがわきあがる。

横に座る伊佐の顔をちらりと見ると、なにやら厳しい表情である。同じようなことを考えているに違いない。

さっきまでの晴れがましい、浮き立つような気分は消えて、なんだかとんでもなく面倒なことに関わってしまったような心持ちになった。

「我が藩では以前より菓子は伊勢松坂と決まっておった。そちらの見世に注文をという。聞けば、家族で切り盛りしているような町の菓子屋ではないか。団子も大福もつくってい て、子供も買いに来るそうではないか。われらは今まで通り伊勢松坂にと進言したのだが……」

勝重が初めて口を開いた。鶴の首にふさわしいしゃがれ声だった。小萩が上目遣いで見ると、眉間に深いしわが寄っていた。

つまり、この二人は従来通り伊勢松坂がいいと思っていたけれど、上の方が二十一屋を使ってみろと言ったということか。

だれが、そう言ったのだろう。その人はいつ、二十一屋の菓子を食べたのか。

小萩の頭は忙しく動く。

「しっかり励めよ」

頼之の言葉に三人はまた平伏した。

屋敷を出ると、徹次は大きくため息をついた。伊佐もひどく疲れた顔をしている。

「うれしさ半分、苦労半分ってところだな」

徹次がつぶやいた。先が思いやられるというのは、こういうことを指すのかと小萩は思った。

見世に戻ると、旦那の弥兵衛とおかみのお福、徹次の息子の幹太、職人の留助《とめすけ》が三人の帰りを首を長くして待っていた。

「おい、首尾はどうだった？」

白髪頭の弥兵衛が冗談めかしてたずねた。

「注文はいただけたんだろうね」

おかみのお福は心配そうにたずねる。

「十日後、腰高饅頭二十個という注文でした」

徹次はそっけない調子で言うと、井戸端に出て行ってしまった。伊佐も続く。それで、後の説明は小萩がすることになった。

「今まで伊勢松坂に注文していたのですが、どなたか、新しいところをとおっしゃったようです」

「で、どうして、うちに声がかかったんだよ」

十五になる幹太が素早くたずねた。

「そのあたりのことは、何もおっしゃっていませんでした」

「ふうん」

お福は分かったような分からないような顔になる。

「まぁ、うちの評判を聞いて、一度頼んでみようかってことになったんじゃないですか？　いずれにしろめでたいことですよ」

職人の留助がのんきな調子で言った。

小萩が井戸端に行こうとすると、幹太が袖を引っ張った。

「やっぱり、あの若様がからんでいるんじゃねぇか？」

「そうかもしれないですよね」

小萩と幹太はうなずきあった。

若様というのは、ここ最近やって来るお武家のお客である。

年は二十歳《はたち》を少し過ぎたくらい。剣術の稽古帰りといった様子で、洗いざらしの藍色の木綿の着物を着ているが、白足袋《しろたび》は真っ白で、さっき結い直したばかりというような髷《まげ》をしている。顔立ちも形のいい眉に切れ長の目、すっとのびた鼻筋できりりとした男前のうえ品がある。若様が見世に来ると、女のお客は話をやめて振り返る。男たちも場をあける。

どこのだれかは分からない。だが、ただ者ではない。そう感じさせる何かがある。

今日もそろそろ来る頃ではないか。

小萩が心待ちにしていると、はたしてその若様がやって来た。

一瞬、涼やかな風が吹いたような気がして、気づくと目の前に若様がいた。

「生菓子では何がありますか？」

低く落ち着いた、けれどよく響く声である。小萩は上生菓子を入れた木箱の蓋を開けた。

炉開《ろびら》きにちなむ亥《い》の子《こ》餅は、小豆こしあんに蜜漬けの小豆を混ぜて求肥《ぎゅうひ》で包んだものだ。子だくさんの猪にあやかる縁起のいい菓子である。「初霜」は栗蒸し羊羹《ようかん》と軽羹《かるかん》を合わせた四角い菓子。「木枯らし」はいが栗を思わせる姿のきんとんで、銀杏《ぎんなん》のような鮮やかな黄色と枯れ葉の茶色の二色に染め分けている。ほかに山芋《やまいも》を使った薯蕷《じょうよ》饅頭、煉《ね》り切《き》りなど五種類が入っている。

「そうですねぇ」

若様は目を細め、じっと菓子を眺める。

「この干し柿に似せてあるのは、木守《きまもり》かな？」

木守柿《きもりがき》は一つ、二つ枝に残しておいた柿である。来年もたくさんの実をつけてくれるようにというおまじないであるそうだ。千利休《せんのりきゅう》が茶碗に木守という銘をつけたことから、茶席ではこの銘が好まれる。冬枯れの中、枝に残った柿が鮮やかな紅色に輝いているという風景を、小萩は子供の頃から見ていた。だが、それを木守、木守柿と呼ぶと知ったのは、江戸に来て和菓子をつくるようになってからだ。

茶道にも通じているのだろうか。小萩は若様の表情をうかがう。

「こちらの木守は干し柿の中をくりぬいて栗あんを詰めたものです」

見かけは地味だがお薦めの一品である。

「では木守、木枯らしと初霜を一つずつ」

脇にかかえた風呂敷包みを開き、蓋つきの木箱を取り出した。小萩が菓子を入れると、大切そうに抱えた。きれいな長い指をしている。爪の先まで若様である。

やっぱり、この人が山野辺藩の偉いお方かもしれない。

小萩は小さくうなずいた。

若様の後ろ姿がのれんの向こうに消えると、見世にいた女のお客からいっせいにため息がもれた。

その時、新しいお客が入って来た。こちらも、ここ最近何度か来ている侍である。年は三十になるかならずというところ。夏の名残《なごり》を残したような黒い顔で、二重まぶたの大きな目は少し飛び出して口が大きい。どこかで見た顔だと思ったら、弥兵衛が釣ってくるはぜに似ているのだ。背はあまり高くないが、力のありそうな体つきで、藍色の木綿の着物は何度も水を通したらしく色があせ、あちこち継ぎがあたっている。参勤交代かなにかで地方から来たばかりかもしれない。

「豆大福はないんですか？」

そうたずねる言葉に少しくせがある。西の方の人らしい。

「あいにく、今日の分は売り切ってしまいました」

「そうか。残念だなぁ」

「最中《もなか》はいかがですか？　中は粒あんで焦がし皮ですから、パリパリと香ばしくておいしいですよ」

「それもいいけど……」

侍は大きな目をぐりぐりと動かし、真剣な表情で菓子を見ている。

「季節の生菓子もありますが」

小萩が箱の蓋を取って見せると、侍は子供のような笑顔を見せた。

「きれいだなぁ。こんなかわいらしい菓子は国にはないよ」

「ぜひ、食べてみてください。きれいなだけじゃないです。おいしいですよ。うちの見世はあんこがおいしいんです。和菓子屋の顔はあんこですから」

侍はいろいろ迷って、結局、最中を一つ買った。

「そのままでいい。すぐ食べるから」

手を差し出した。太くて力のありそうな指をしている。小萩は懐紙にはさんで手渡した。

「おお、うまいなぁ」

声がするので小萩が外を見ると、さっきの侍が買ったばかりの最中を道に立ったまま食べていた。骨太の頑丈そうな顎が動いている。すぐ食べるというのは、そういう意味だったのか。

なんだかおかしくなって、小萩は一人で笑ってしまった。


午後になり、お客もまばらになった頃、伊勢松坂の主人、松兵衛《まつべえ》が仕事場の方にひょいと姿を現した。小萩は幹太といっしょにういろうのつくり方を習っているところだった。

「おや、めずらしい。松兵衛さんがうちにいらっしゃるなんて。何か、御用ですか？」

お福がたずねた。

「いや、ちょいと小耳にはさんだんだけど、あんたのところも、今度、山野辺藩の御用を賜るんだって？」

松兵衛は探るような目をしてたずねた。

「さすがに早耳ですねぇ。ちょうど今日、お屋敷にうかがって来たばかりなんですよ」

「そりゃあ、あんた、山野辺藩はうちがずっと御用をいただいているからさ」

ずっとというところに力をこめた。

「御用というほどではないですよ。なにか人寄せがあるそうで、試しにうちにも声をかけてくださったってところらしいですよ」

お福は一度きりのこと、と匂わせる。

「ふうん」

松兵衛はつまらなそうに答えた。小萩がお茶をすすめると、松兵衛は傍らの床几《しょうぎ》に腰をおろし、ちろりと仕事場を見回した。

「なんにしろ、めでたいことだ」

ちっともめでたそうでなく言った。

「しかし、大変だよ。覚悟はできてるかい？　大名家の御用ともなると数もまとまるし、粗相があってはいけない。神経を遣うんだ。職人だって腕のいいのが何人もいないと、とっても回らねぇよ」

牡丹堂では無理と言わんばかりの様子に、お福はむっとした顔になった。

「あすこの先代藩主はそりゃあ、口が奢《おご》った方で、伊勢松坂でなきゃいかんっておっしゃっていたんだ。その藩主が亡くなって、お若いご嫡男《ちゃくなん》が跡を継がれた。家老も替わられたんだ。まぁ、いろいろ刷新というか、そういう試みをしているそうなんだよ。お若いからねぇ、菓子の味なんてものも十分、お分かりにならないかもしれないねぇ」

ますます嫌味な松兵衛である。

「うちみたいなちっぽけな、昨日今日はじめたような見世によくお声をかけていただいたところ、こちらも慌てるやら、驚くやらで大変なんですよ。その辺《あたり》のことは大先輩の松兵衛さんにいろいろご指導を賜りたいと思っておりますので、どうぞよろしくお願いいたします」

お福が如才なく頭を下げるので、松兵衛もようやく機嫌を直したらしい。

「まぁ、ほかでもないお福さんにそんな風に頭を下げられちゃあなぁ、こっちも嫌とは言えないよ。まぁ、もっとも、わしは別口の方が忙しくてさ」

「例の蜜柑《みかん》の方ですか？」

お福がたずねた。

「いや、何、へへへ」

松兵衛の顔がだらしなくなった。菓子屋の仕事を番頭や職人頭に任せっきりで、自分は相場に夢中になっているというのは菓子屋仲間での噂である。

「右のものを左に動かすだけで大金が入るんだよ。汗水垂らしてあんこを煉っているのがばかばかしくなる。なぁ、あんたもそう思うだろ」

小萩に話しかけた。伊勢松坂の先代は仕事熱心で知られていた。今では想像もつかないことだが、先代がいたころの松兵衛は朝早くから夜遅くまで、職人とともに働いていたそうだ。

そもそも松兵衛が相場に夢中になったのは、昨年の暮れ、知り合いの材木商に誘われてやっちゃばに行ったことだ。材木商は初物蜜柑をかなりの高値で競り落とした。蜜柑は年末年始の贈答用、夷講《えびすこう》、一つ目小僧祭りに欠かせないものである。しかも、西の海でひどいしけが続いて船が出なかったため、蜜柑の値が高騰し、材木商は相当に儲けた。おつきあいで少々の出資をした松兵衛も思いがけない小金が懐《ふところ》に入った。

元禄十五年、紀伊国屋文左衛門《きのくにやぶんざえもん》がしけの中、紀州の蜜柑を運び、大儲けをしたという。松兵衛が垣間見たのは、そんな売り買いの現場のほんの端っこの方だ。菓子の材料としか見ていなかった小豆や米が大きな金を生む。菓子屋の世界しか知らなかった松兵衛が夢中になるのに、十分だった。

「みんなはね、わしは運がついているとか、目が利くとかいうんだよ。だけどさ、考えてみたら若い頃からずうっと米や小豆の値段を見てきたんだ。寒い夏で値が上がりそうだと思ったら早めに買っておく。そんなの菓子屋ならあたりめぇだろ。今までは、なんだ、また値が上がるのかって悔しがっていたけど、今は反対だ。どんどん上がれぇ、天まで上がれぇってなもんだ」

「ああ、そうですかい」

お福はあまり相手にしないような顔をしている。

「この前もさ、みんなはよせよせって言ったんだけど、わしはまだまだ上がるってふんだんだ。その通りになった。はは、気持ちいいくらいだよ。おふくろもさ、最初はなんだかんだ言っていたけど、一度、わしがほら、この通りって儲けた金を目の前に積んだら目をまん丸にしてさ、それから何にも言わなくなった。まったく金っていうのはいいもんだねぇ」

「じゃあ、松兵衛さんは千両箱に小判を入れて、毎晩眺めているんですか?」

お福がちくりと嫌味を言ったが、松兵衛は気にも留めない。

「千両箱ってあんた、そんなにはねぇよ。だけどさ、ながめているとうっとりする。自然に笑いがこみあげてくるんだ。なんか、もうあくせく菓子屋なんかするのが馬鹿らしい。もう少し金ができたらさ、菓子屋をやめちまってさ、一生遊んで暮らそうかなんて思うね」

「遊ぶったって、毎日じゃあ飽きるでしょう。どうするんですか」

「どうするかねぇ。小判を抱いて昼寝でもするか」

「はあ」

お福はあきれて何も言えなくなった。

「あんたもどうだい？　へそくりがあるんだろ。いくらたんすに入れておいても、増えねぇぞ。わしが教えてやるよ」

「このちっぽけな見世で、へそくりなんざできるわけがないですよ」

「そうかぁ、残念だなぁ。一度金を手にすると、気持ちが変わるよ。まあ、気が変わったら来いよ。お福さんなら、わしの手の内を教えてやってもいい」

それからも、ああだこうだとさんざん自慢して帰っていった。

「あんなこと言ってお見世の方は大丈夫なんでしょうかねぇ」

小萩はつい意地の悪い言い方をした。

「まったくだよ。そのうち、痛い目をみるよ。あんなに調子づいて、困ったもんだよ」

お福はため息をついた。

夕方になり、そろそろ夕餉《ゆうげ》の支度にかかろうかという頃、船井屋本店の主人、新左衛門《しんざえもん》がやって来た。船井屋本店は弥兵衛が修業をした見世で、先代主人とともに気難しい茶人の求めに応じて様々な菓子を工夫した。そんな縁で、懇意にさせてもらっている。

奥の座敷に通すと、新左衛門は大店の主人らしい色白の端整な顔をほころばせて挨拶した。

「山野辺藩にお出入りを許されたとうかがいました。誠におめでとうございます」

「いや、気が早いですよ。まだ、小さな注文をいただいただけですから」

あわててお福が手をふった。

「いやいや、声をかけていただけるというだけで大変なことですよ。こちらからお願いしますといって入れるところではありませんから。見本をお届けになるんでしょう？　それはもう形式的なことで、決まったも同然ですよ」

お福に目配せされて、小萩は徹次を呼びに行った。徹次は仕事の手を止めて座敷にやって来た。

「ほかでもありません。本決まりになりましたら、今度こそ、曙《あけぼの》のれん会にお誘いしようと思いましてうかがったのですよ」

曙のれん会は江戸の有力な菓子屋の寄り合いである。以前、先代の庄左衛門が推薦人となってくれたが、そのときはある一軒の菓子屋が反対して認められなかった。多くの茶人の注文をいただいているとはいえ、家族中心の小さな見世だから仕方ないところがあった。

「山野辺藩へのお出入りを許されたとあれば、それはもう全然違いますよ」

新左衛門の言葉に力が入る。徹次の顔にも笑みが浮かぶ。座敷の隅で控えていた小萩もうれしくなった。

「曙のれん会にお入りになれば、名実ともに一流ということになりますからね」

新左衛門の言葉を待つまでもない。そのことは江戸の菓子づくりに携わる人間なら誰でも知っている。菓子屋としての格が一段も二段も上がる。世間の見る目が変わってくるということだ。

徹次は常日頃言っている。有名な寄り合いに入れるかどうかは関係ない。一人一人のお客さんに誠心誠意を尽くせばいいいと。

それは理想だ。だが、やはり日の当たる場所に出るというのはうれしい、ありがたいことである。曙のれん会に入ることは、二十一屋の夢でもあるのだ。

「あのときは本当に申し訳なかったと思っていたんですよ。なまじお名前が出てしまったので、恥をかかせることになりました。こちらにもう少し力があればね。でも、今回は違います。できる限りのことはさせていただきます」

「ありがとうございます。もう、そのお言葉だけでありがたいです」

お福が言い、徹次が頭を下げた。小萩も「今度こそ、うまくいきますように」との思いをこめた。

新左衛門を見送るとすぐ、本菊屋《ほんきくや》の主人、善三《ぜんぞう》がやって来た。人のよさそうな丸い顔の細い目をいっそう細くした。

「いや、小耳にはさんだのですが、今度、山野辺藩の御用を賜ることになったとか。おめでとうございます」

「まだ本決まりではないのですよ」

お福があわてて言った。それにしても、次から次へとお客がやって来るのは、どうした訳か。小萩は首を傾げた。

「いやあ、大変ですよ。お武家様とのおつきあいは。失礼ですが、通い函のご用意などは？」

「ええ。今日、聞いたばかりなのでこれから手配をしようと思っております」

「それなら、よかった。一つ、お伝えしようと思いましてね」

奥の座敷に通し、徹次を呼ぶ。

「まだ、見本を持って行くだけですから」

何度も仕事の手を止めさせられた徹次は少々機嫌が悪い。ぶっきらぼうに答えたが、善三は意に介さず、たたみかけるように言った。

「その見本が大事なのですよ。手近にあったありあわせの通い函を使ったために、ほとんど決まりかけていたお話が流れた菓子屋がありました」

「あれ、まぁ」

お福が小さな声をあげた。

「私どもが懇意にしている見世があります。そこは徳川様はもちろん、あちこちの大名家、旗本家の通い函を作っている。少々値が張りますが、そこでしたら安心です」

「いや、それは……」

徹次が困った顔をした。やれ漆塗りだ、金箔を入れろなどと言い出したら、いくらになるか分からない。本決まりになるかどうか分からないのに、高価な通い函を用意するのはいかがなものか。そう顔に書いてある。

「悪いことは言いません。そちらでお作りなさい。お武家様は序列が大事ですからね。二十一屋さんも山野辺藩から御用を賜ったとなると、あちこちから注文が来るかもしれない。その時、格下の藩の方の通い函が立派となると、これまたいろいろ問題になる。十万石には十万石にふさわしい通い函というものがあるのです」

善三は言葉に力をこめた。

「はあ」

徹次が渋っていると、お福が膝を乗り出した。

「わざわざそれを教えてくださりにいらしたんですね。ありがたいじゃありませんか。分かりました。それではね、本菊屋さんのご紹介のところにお願いしようじゃありませんか。いいですよね、徹次さん」

お福は徹次をうながす。それで、徹次がいいとも、悪いとも言わないうちに本菊屋に頼むことになった。

小萩の母のお時《とき》もこんな風に自分の思いだけでどんどん話をすすめて、あとから父によく怒られていた。大丈夫かなという思いが一瞬小萩の心をかすめたが、お福はおかみで、徹次は親方とはいえ、娘婿。これがこの家のやり方だと、小萩は納得した。

それからも三軒ほど知り合いの菓子屋が挨拶にやって来た。おめでとうの先に必ず、「大変ですよ」がつく。そして、さまざまな助言をくれた。「見世の格が下がるから、この際、豆大福はやめたほうがいいのではないか」と言った人もいた。親切心から言ってくれているのは分かる。お武家との商いは、今までの見世売りとは違う苦労があることも分かった。

だが、徹次という男は、そんな風に他人にあれこれ指図をされるのが大嫌いなのだ。だんだん顔つきが険しくなっていった。

お客を見送る徹次の背中が強張《こわば》っている。どうやら堪忍袋は相当にふくれてきているらしい。このままでいいのだろうか？　小萩はだんだん心配になってきた。

仕事場に向かう足が止まり、振り返ってお福に言った。

「お義母《かあ》さん、なんだってこんなにお客が次々来るんです？　だれが、山野辺藩の話をしたんですか？」

その声が硬い。

徹次がお福のことを「お義母さん」と呼ぶのは、相当に腹を立てている時だ。

「ああ、そうだねぇ」

やっと徹次の不機嫌に気づいたお福は困ったように上目遣いで徹次を見た。

山野辺藩から漏れるはずはないから、牡丹堂のだれかがしゃべったに違いない。とすれば、一人しかいない。

弥兵衛である。

その時、裏口の戸がガラガラと音を立てて開いた。

「ほい、帰ったよ。ちょいとそこで知り合いにあって、つい話しこんじまった」

のんきな様子で弥兵衛が立っていた。お福と徹次はもちろん、伊佐や留助、幹太の目も集まった。

「なんだ、まだ飯になっていないのか？　みんな集まってどうした？」

「さっき、伊勢松坂の松兵衛さんがいらしたんですよ。それから船井屋本店の新左衛門さん、それから……」

お福が数え上げた。

「なんだって、そんなに来たんだ？」

「山野辺藩のこと、みなさんにしゃべったでしょう？」

お福の声が高くなる。

「はあ？」

弥兵衛はとぼけた。小萩がちらりと仕事場を見ると、伊佐は小さくため息をつき、留助は苦笑い。幹太は何がはじまるのかとあたりを見回している。

「あなた様じゃあないんですか？」

お福が重ねて言う。

「いやさ、昼過ぎ、そこの通りを歩いていたら本菊屋の善三さんに会ってね。なんだい、お宅の婿さんが饅頭こさえる時刻に黒紋付で通りを歩いていたけど、見合いでもするのかって聞くから、いや、そんなんじゃねぇんだよって、ちっとしゃべっただけだ」

「はあ？」

お福はあきれたような顔をした。徹次はそっぽを向き、幹太は目を見開く。伊佐はうつむき、留助は下を向いて笑いをこらえている。小萩はどうなることかとはらはらした。

「本菊屋さんも、さっそくいらっしゃいましたよ」

「へぇ、そうかい。菓子屋のおやじってぇのは案外、暇なんだな」

「そういうことじゃないですよ」

ぴしゃりとお福が言う。

「なんだ、文句があるならちゃんと言え。せっかく機嫌よく帰って来たところに、つまらんことでぐじゃぐじゃ言うな」

弥兵衛が声を荒《あら》らげる。

黒雲がもくもくと浮かんで雲行きが怪しくなった。

小萩は思わず大きな声をあげた。

「ご飯、炊けてますから、夕飯にしましょうかぁ」

徹次の顔が穏やかになり、幹太が笑い、留助と伊佐がほっとした顔になった。

そんなわけで夕餉はいつもより半時も遅い時刻になった。食事が終わって台所で洗い物をしているとお福がやって来た。

「さっきはありがとうね。あたしもつい、みんなの前で大きな声を出しちまってさ。だって、あんまり弥兵衛さんがのんきなんだもの」

「旦那さんもうれしかったんだと思いますよ。とうとう二十一屋も大名家へのお出入りを許されるまでになったかって言ってましたから」

「それはそうなんだけどね」

お福は小萩の洗った皿を布巾で拭きながら言葉を続けた。

「来る人、来る人、大変だよ、大丈夫かって言うだろ。なんだか、お前のところでできるのかって言われているみたいな気がして、いやあな気持ちになっちまった」

「みなさん、心配してくださっているんだと思いますよ」

小萩は遠慮がちに言った。

「それに船井屋本店の新左衛門さん。曙のれん会に推薦してくれるっていうのはうれしいけどさ。あの会は有名どころがずらりと名を連ねているから、会合に行ってもうちみたいなのは末席でかしこまって座っていることになるんだよ。徹次さんはそういう場所は苦手だろ。なんだか気の毒なことになったなぁって思ってさ」

料理屋の座敷にずらりと菓子屋の主が並ぶ光景が浮かんだ。上席には大久保主水《おおくぼもんど》や金沢丹後《かなざわたんご》など名前を聞けば誰でも知っているような老舗の大店が座り、すぐその下に船井屋本店や本菊屋、伊勢松坂が続く。新参者の二十一屋ははるか末席である。

大きな体の徹次が体を小さくして座っている。

お愛想の言える人ではないし、気づまりなことは確かだろう。

「そうですねぇ。親方はそういうの、得意じゃないですよねぇ」

山野辺藩の上屋敷を出た時、徹次はまたしても「うれしさ半分、苦労半分ってところだな」とつぶやいた。降ってわいたような大名家お出入りの話は、二十一屋にとって幸せなのか、それとも苦労の種なのか。小萩はだんだん分からなくなった。

棚に皿をしまおうとしたお福は「よっこらしょ」とつぶやいて腰をかがめた。その背中が思いのほか小さくて小萩は驚いた。

ひと月ほど前、お福の長年の友人だった千代吉《ちよきち》が亡くなった。お福は看病のため大森と日本橋を行ったり来たりしていた。気丈にしているが、その疲れが積もっているのだろうか。

考えてみれば、お福は七十を過ぎている。小萩の祖母と言ってもいい年だ。弥兵衛のように楽隠居をしてもよいはずなのだが、九年前、娘のお葉《よう》が亡くなったのでおかみを務めている。見世のこと、お客のこと、なかでもお福を頼りにして相談を持ちかける川上屋《かわかみや》のおかみの冨江《とみえ》たち……。すべてをこの小さな背中で背負い、支えているのだった。

「おかみさん、明日も早いですから、休んでください。片付けは私一人で大丈夫ですから」

小萩が言うと、お福は「そうさせてもらうか」と言って自分の部屋に入っていった。

それから一人で、洗い物をすませ、棚を拭いていたらすっかり夜も更けてしまった。

自分の部屋に戻ろうとしたら、仕事場に灯《あか》りがついている。伊佐が一人残って粉を計っていた。

「伊佐さん、まだ、仕事が終わらないの？」

「これだけやっちまっておくと、明日が楽だと思ってさ。さっきまで留助さんと幹太さんがいたけど、留助さんはお滝《たき》さんが待っているし、幹太さんは眠くてふらふらしてたから、先に休んでもらった」

伊佐は手を止めずに言った。今日は朝から山野辺藩の屋敷に行って、その後何人もお客が来たから、仕事が進まなかったにちがいない。

「手伝いますよ」

小萩がそばに行くと、伊佐は「悪いな」と言って升《ます》を手渡した。

伊佐は今年十九になる姿のいい男だ。七つのときに牡丹堂に来て半分は家族のように育ったから、幹太は今でも伊佐兄《にい》と呼ぶ。

「今年の正月は家に戻らないのか？」

伊佐がたずねた。

「おかあちゃんから、どうするんだって文は来たけど、返事はまだ書いていない」

去年は一年の約束で江戸に来ていたから、暮れの内に家に戻った。夏の藪入りは鎌倉の家で三日過ごした。

もちろん帰りたい気持ちはある。おじいちゃんやおばあちゃん、おとうちゃんにおかあちゃん、嫁に行った姉のお鶴《つる》に弟の時太郎《ときたろう》、それに仲良しのお駒《こま》とお里《さと》にも会いたい。話したいことがたくさんある。

だがその一方で、牡丹堂に残ってみんなといっしょに正月を迎えたい気持ちもある。除夜の鐘を聞きながらご苦労さんと言いあってそばを食べたり、初もうでに行ってみたいのである。

「大晦日《おおみそか》まで忙しいし、正月も五日から見世を開けるから帰っても、向こうに一日ぐらいしかいられないでしょ。帰るのはよそうかなと思っているの」

小萩は伊佐の整った顔をちらりと見た。

こっちに残っていろよと言って欲しい気がする。

「一日だけでも帰ったらいいじゃないか。家じゃ、みんなが待っているんだろ。顔を見せたら喜ぶよ。帰った方がいい。帰る家があるっていうのは幸せなことだ」

伊佐は静かな声で言った。

小萩は伊佐には帰る家がないことを思い出した。父の顔を知らず、母は幼い伊佐を残して家を出た。

「そうですね。たまには親孝行しないと」

小萩はことさら明るい声で言った。

「そうさ。まぁ、俺にとっては牡丹堂が家みたいなもんだからな、盆も正月もここにいる」

伊佐は片頬をあげて笑った。

「だいたいこれで終わりだ。ありがとな。助かったよ」

穏やかな目をしていた。

二

約束の日が近づいて、注文していた通い函が届いた。黒漆塗りの五段重で、白木の外箱もついている。本菊屋に紹介された見世は手慣れたもので、在り物の重箱に金で違い鷹の羽を入れ、三日ほどで仕上げてくれた。つやつやと輝いて、新しい漆の香りがする。

「おお、これがそうか」

弥兵衛はうれしそうに声をあげた。

「でっかいなぁ。何個入るんだよ」

幹太は目を丸くしている。

お武家に納める菓子はふつうのものの三倍から五倍の大きさがある。見た目にも立派で堂々としている。

伊佐が指で寸法を測って言った。

「ちょうど三十個だな」

「五段全部入れたら、百五十個か。そんな大口が来た日にゃあ、徹夜でつくらねぇとな」

留助がため息をつく。

本当にそんな大口の注文が来るのだろうか。山野辺藩でいい評判をとったらほかの大名家からも話が来るかもしれない。そうなったら、将軍家の御用を賜ることも夢ではない。その頃は牡丹堂も今のような家族で切りまわす小さな見世ではなく、職人を何人も抱える大店になっているはずだ。

山野辺藩の台所役の意地悪そうな顔も、噂を聞きつけた菓子屋が次々やって来て少々うんざりしたことも忘れて、小萩の夢は広がり、胸がどきどきしてきた。

奥の座敷で通い函を囲んでみんなでしゃべっているとき、川上屋の若おかみのお景《けい》がやって来た。

「あら、にぎやかねぇ。声が外まで聞こえてきましたよ。今日は、何かしら？」

「いや、さっき通い函が出来上がって届いたんだよ」

弥兵衛がよその菓子屋にしゃべったと言って怒ったお福だが、顔見知りには披露したくなるらしい。

「奥の座敷においてあるけど、見るかい？」

お福が言うと、うれしそうに部屋にあがった。

お景は木枯らしの季節というのに夏のような白い着物である。よく見ると、墨で松林が描かれている。霧の中で松の輪郭はぼやけ、強い風に吹かれて幹も枝もねじれている。ずいぶんと淋《さび》しい風景を描いているが、お景が着るとむしろ華やかに見えた。

「まぁ、これが大名家の通い函？　さすがに立派だわ」

お景はおどけて拝む真似をした。ちらりとお福を見る目がきらきらと輝いている。

「それで、親方のお着物は新調なさらないの？　せっかくの機会じゃありませんか。ちょうどいい反物が京から届いたのだけれど、一度見にいらっしゃいませんか？　めったに出ない上等の品なの。親方は上背があるから、よく似合うと思うわ。ね、小萩ちゃんもそう思うでしょ？」

商売上手なお景は小萩に同意を求める。

「ああ、いやいや。そういうのは本決まりになってからお願いするよ」

お福があわてて手をふり、小萩も首を横にふった。

「これからもご贔屓《ひいき》に」とやって来たのは小豆やもち米を仕入れている材料屋だった。日焼けした四角い顔をほころばせ、「牡丹堂さんが表通りに見世を出す日も遠くないね」などとおせじを言った。

お客はさらに続く。

「届きましたね」

そう言ってやって来たのは、本菊屋の主人の善三である。座敷にあがると、満足そうに通い函をながめ、何度もうなずいた。

「表を歩くときは外箱に入れますが、外箱を地面に直接おかないように抱えて持って行ってくださいね」

五段重に饅頭を入れ、さらに外箱となるとかなりの重さになる。あんを煉るから菓子職人は力があるが、それでも大変だ。

「生意気、贅沢ととられてもいけませんから、駕籠《かご》などは使わない方がよいでしょう」

善三は当然という顔をしている。

「お屋敷につきましたら外箱をはずす。そこで中間《ちゅうげん》の方に渡すこともありますし、中まで運んでほしいと言われることもあります。私は自分の息がかからないよう、目の上に捧げるように持っていきます」

そう言って善三は重箱を捧げ持つ真似をした。

「さすがに五段は無理ですが、今でも三段までなら持つことができます」

誇らしげに言う善三の腕は着物の上からもしっかりと肉のついていることがうかがえた。

そんな風にして日々が過ぎて、とうとう饅頭を納めるその日がやって来た。いろいろな準備が煩わしいような気持ちもあったが、その日が近づけばやはりうれしく、晴れがましい。牡丹堂には祭りの日のような明るい気分が満ちていた。

朝一番で紅白の腰高饅頭を蒸し、通い函に移し、徹次と伊佐、小萩の三人で山野辺藩の屋敷に向かった。めずらしく風のない穏やかな日で、屋敷の庭は山茶花《さざんか》の白い花が満開だった。

案内された部屋で待っていると、勝重と頼之が来た。相変わらず面白くもないという顔をしている。

「ご注文の腰高饅頭、二十個でございます」

徹次が平伏する。

頼之が蓋を開けた。大きさも形もそろった饅頭が整然と並んでいる。菓子屋だから当たり前と言えば当たり前だが、いつも以上に気を遣い、ていねいな仕事を心がけた。

「おお、さすがだな。きれいにできている。今朝つくったのか？」

「はい。朝一番に蒸し上げました」

徹次が答える。

「なるほどな。ご苦労であった」

勝重が言い、呼ばれた中間が饅頭を運び去り、そのまましばらく待っていると空になった通い函が返された。

それで終わりだった。

「なんだか、あっけなかったですね」

外に出ると、小萩は言った。

「そうだな」

伊佐が答えた。そのまま三人は黙って歩いた。

しばらくして徹次が言った。

「まぁ、無事納められたのだから、よかったじゃないか」

三人ともまた黙ってしまった。

「また、注文が来るでしょうか」

ずいぶん経って小萩はたずねた。

「来るんじゃねぇか」

伊佐が言った。徹次は何も答えない。もやもやした思いを抱いたまま牡丹堂に戻った。

山野辺藩に納めた腰高饅頭は気に入ってもらえたのか、どうなのか。

何の沙汰もないままに、日が過ぎていった。

このままではまずいのではないか。そんな心配が牡丹堂のみんなの頭をよぎるようになった。

その日、小萩が井戸端で洗い物をしていると、幹太がそっとやって来てささやいた。

「さっき伊勢松坂に行ったらさ、山野辺藩から腰高饅頭の注文が入ったらしいんだ」

幹太は持ち前の人懐っこさであちこちの菓子屋に出入りさせてもらっている。とくに伊勢松坂は松兵衛や職人頭の由助《よしすけ》と親しくなって、仕事場にも気安く出入りしているのだ。

「俺には言わないよ。だけど、なんとなくみんなの様子で分かった。由助さんはほっとした顔をしているし、松兵衛さんなんか喜んじゃってさ。やっぱり、うちの饅頭の良さが分かってもらえたんだ。分かる人には分かるんだなんて言っていた」

「ええっ。それじゃあ、うちの饅頭は気に入られなかったってこと？」

「そうじゃないのか。結局、今まで通り、伊勢松坂に注文することになったのかもな」

「それは困るわよ」

小萩の声がとがった。だが、決めるのは山野辺藩なのだからこちらでとやかく言えるはずもない。

「なんだよ。二人でこそこそ何の話をしているんだよ」

小豆を入れたざるを抱えてやって来た留助がたずねた。幹太が見てきたことを話した。

「ううむ。まずいな。牡丹堂にはもう注文は来ないってことか？　あんなに大騒ぎしたのに？」

　留助は低くうなった。

「曙のれん会の話もなくなるのか？」幹太がたずねる。

「そうかもしれないなぁ」留助はつぶやく。

「じゃあ、あの立派な通い函も無駄になっちゃうの？」

　小萩は口をとがらせた。

「そんなこと、俺に聞かれたって、わかんねぇよ」

　留助もへそを曲げた。

「おい、三人で何を話しているんだ？」

　そこへ鍋を抱えた伊佐がやって来た。幹太が説明すると、険しい顔になった。

　四人で頭を抱えてしまった。


　その時、見世の表で声がした。

「いやあ、いい天気だねぇ。お福さんはいるかい？」

　松兵衛である。小萩は飛び上がった。

「ちょいとお耳に入れたいことがあってさ。あ、仕事場の方でいいからさ」

勝手知ったるという様子で仕事場に入ると、かまどに向かっている徹次の背中に声をかけ、空き樽に腰をおろした。

「おや、なんですか？」

お福が出て来て、小萩は急いでお茶を用意した。

「いや、例の山野辺藩のことだけどさ、そっちは何かお沙汰はあったかい？」

「いいえ、とくにはありませんけどね」

答えを聞いて、松兵衛は満足そうにうなずいた。

「じつはさ、さっき山野辺藩からお使いが来て、腰高饅頭百五十個の注文をいただいたんだよ」

「まぁ」

お福はそう言ったまま言葉につまった。徹次は仕事の手を休めず、しかし首だけぐるりと回して松兵衛を見つめた。

「うん、それがさぁ」

松兵衛はもったいぶって、言葉を切った。

「これからも末永くお願いしますなんて、ていねいなご挨拶をされちまったんだ。その言葉がありがたくてさ、不覚にも涙が出たね。やっぱりさ、仕事ってぇのは長い時間をかけて信用を積み重ねていくもんなんだよね。ちょいとよそ見をしても、また、戻って来るんだ」

ちょいとよそ見とはどういう意味だ。悔しさに思わず手が震え、小萩は急須のお茶をこぼした。

「まぁ、そうでしょうねぇ」

お福はさすがに落ち着いている。顔色一つ変えずに返事をした。それで松兵衛はますます調子にのった。

「見世ってぇのは、器があるんだよ。格って言ってもいいかな。いや、お宅の饅頭が悪いって言ってるんじゃないよ。ただsぁ、お出入りを許されるってことは、それなりのことがないとね。うちは代々の菓子屋だし、職人の数も腕もそろっている。由助なんかさ、立派なもんだよ。どこに出しても恥ずかしくない。由助だけじゃないよ。ほかにもまだまだ、いるんだから」

松兵衛の話は続く。お福は愛想よく相手をしている。その様子を見るのがつらくなった小萩は井戸端に行った。皿を洗っていると、幹太が来た。

「悔しいなぁ」

「悔しい」

小萩も答える。

「悔しい、悔しい、悔しい」

幹太は地面を蹴った。

「おい、おはぎ、二人でなんとかしようぜ」

しかし、どうしたらいいのだろう。

「たとえば誰かに聞いてみるとか？」

小萩は思いついて言った。

「誰かって誰だよ」

「若様とか……」

しかし、そもそも若様が何者か分からない。若様が見世に姿を見せるようになった少し後、山野辺藩から注文が来たので、なんとなく若様と結び付けて考えているだけである。

「だから、その……」

言葉が続かない。


しかし、その機会は思いがけず早く来た。

川上屋に届け物をしての帰り道、日本橋の通りを歩いていると、若様が向こうからやって来るのが見えた。いつものように剣術の稽古帰りという風に洗いざらしの藍色木綿の着物に、白足袋姿だ。道行く人より頭一つ背が高く、背筋をのばして歩く姿は颯爽《さつそう》としている。

小萩は思わず駆け出した。

「菓子屋の牡丹堂です。いつもお引き立てありがとうございます」

若様は足を止めた。

「ああ、二十一屋さん。こんにちは。今日は、お使いですか？」

「はい。近くまでお菓子をお届けに行ってきました」

「ご苦労様です」

軽く会釈をして通り過ぎようとしたので、小萩はあわてて言った。

「あのぉ、ひとつ、おうかがいしてもよろしいでしょうか」

「どんなことでしょう？」

若様はおだやかにたずねた。

「お武家様から注文をいただくには、どうしたらよいでしょうか？」

「はぁ？」

「じつはある藩からお菓子のご注文をいただいたのですが、一度で終わってしまったのです。なんとか、次の注文をいただきたいと思いまして」

「その問いに私が答えるのですか？」

真面目な顔でたずねられた。

「お武家の方なので私どもが気づかない何かを教えていただけないかと」

「そうですねぇ」

しばらく思案している。

「それにしても、なぜ、次の注文が来ないのですか？」

「それは分かりません。私どもとしては精一杯のものをおつくりしました」

「ふうむ」

考えている。

「つまり、牡丹堂さんでお届けしたお菓子が気に入られなかった。そういうことですか？」

「そうかもしれません」

「それでは諦めるしかないでしょうねぇ」

若様は淡々とした言い方をした。諦めきれないから、何とかしたいからたずねているのである。

「お力になれなくて申し訳ありません。私としてはそうお答えするしかありません」

さすが若様、正論である。

「こちらこそ、変なことをうかがって申し訳ありません。お気を悪くなさらないでください。これに懲《こ》りず、見世にもお運びくださいませ」

小萩はていねいに礼を言い、若様のすがすがしい後ろ姿を見送った。

気を取り直して歩きはじめると、また見知った姿があった。

夏の名残を残したような黒い顔に、少し飛び出た大きな目と大きな口。上背はあまりないが、力のありそうな体つきで色のあせた藍色木綿の着物を着ている。

「あ、はぜのお侍」

小萩は思わずつぶやいた。

道の端に立って団子を食べている。向こうも小萩に気づいたらしい。目が合った。

「おや、牡丹堂の人じゃありませんか？」

人懐っこい様子で声をかけられた。

「いつもお世話になっております。お団子おいしいですか？」

「まぁまぁです。たれはいいけど、団子自体にもう少し歯ごたえがほしい。つきが甘いんじゃないのかな」

ただのお菓子好きと思っていたら、意外に的を射た答えが返ってきたので驚いた。

「お団子もくわしいんですね」

「やはり数をこなすことは大切です。たくさん食べていると、だんだん、そういうことも分かってくるんですよ」

「お菓子がお好きなんですか？」

「私の道楽です」

そう言ってちろりと小萩を眺めた。

「そういえば、どこかの藩にお菓子を届けたそうですね。その後、どうなりました。めでたく、お出入りとなりましたか？」

「よくご存知ですね」

なぜ、そんなことを知っているのだろう。小萩は上目遣いに日焼けしたはぜのお侍の顔をながめた。

「お見世に来たお客さんたち、みなさん、その話で持ちきりだった時があったじゃないですか。自然と耳に入りましたよ」

「はぁ」

「お返事はまだなんですね」

はぜのお侍はたたみかける。

「それは困りましたねぇ」

「首をながーくして待っているんですけどね。どうしてなんでしょうかねぇ」

小萩はつい本音を出してしまった。はぜのお侍が本気で心配している顔をしたからだ。

「味が気に入ってもらえなかったってことはありませんよ。だって、牡丹堂さんのお菓子はおいしいですよ。私が食べた中では三本の指に入ります」

はぜのお侍は断言した。

「そうですよね。私もそう思っています。でも、結局、以前からおつきあいのあるお菓子屋さんに注文を出したみたいなんです」

「ああ、そうですか。それは仕方ないともいえますねぇ」

若様と同じことを言われるのか。小萩は内心がっかりした。

「しかし、まぁ、前からおつきあいのあるお菓子屋さんにしたら、大問題ですよ。自分のところの注文が減ってしまう訳だから。私だったら必死で取り戻そうとしますね。御台所役を味方につけるために付け届けをするとか、反対にお宅の悪口を言うとか」

「ええっ」

「しませんか？　するでしょう、そのくらい。ところで、牡丹堂さんは何かしているのですか？　まさか、ただ手をこまねいている訳じゃないですよね」

いや、何もしていない。ただ、待っているだけだ。

「それは、ちょっとのんきすぎませんか？」

考えてみれば、その通りだ。

「あのお、何をしたらいいでしょうか」

「まぁ、それはご自分たちで考えるしかないのでは？」

困った人だなぁというようにはぜのお侍は笑った。


見世に戻って仕事場にいた幹太に若様に会ったことを伝えた。

「諦めるしかないんじゃないですかって」

「ええっ」

幹太は頭のてっぺんから声を出した。

「その後、はぜのお侍さんに会ったの。そしたら、手をこまねいていてはだめだって言われた」

伊佐が話に加わった。

「たしかになぁ。これだけ待って何も言ってこないんだから、そろそろ何かした方がいいなぁ」

「その何かが問題だ」留助が首を傾げた。

「みんな集まって、何の話をしているんだい？」

お福が顔を出した。

小萩が説明するとお福はうなずいた。

「そうだねぇ。手始めにご機嫌うかがいに行ったらどうだい？　弥兵衛さんと二人で見世を始めた頃は、あたしもそんなことをしていたよ。新しいお菓子をつくりましたから、ご意見をうかがいたいですなんて言ってさ」

お福は徹次に話を持って行った。

「どうだろうねぇ、徹次さん、あたしはやってみてもいいと思うけど」

「そうだなぁ。それじゃあ、小萩と幹太に頼むか」

徹次の言葉に二人は顔を見合わせた。

「それがいいよ。小萩は何度か行ったことがあるし、幹太は人懐っこいところがある。ちょっと思いついて来ましたという風に入って行ってごらん」

お福も言った。

徹次は紅葉《もみじ》の焼き印を押した真っ白な薯蕷饅頭を十個ほど用意し、お福は短冊にさらさらと墨で「お口汚しではございますが　二十一屋」と書いて添えた。

それを持って、小萩と幹太は山野辺藩の上屋敷に向かった。

「おお、ここが山野辺藩の屋敷かぁ。さすが立派だな」

表門の前で幹太は声をあげたが、気圧《けお》されたようすはない。腹が据わっているのか、ただのんきなのか。この調子で、あちこちの菓子屋に出入りしているのだろう。

裏口に回って小萩が名乗ると若い女中が出て来た。

「いつもお世話になっております。日本橋の菓子屋二十一屋のものです」

「今日は何か？」

小萩がどう言おうか考えていると、すかさず幹太が答えた。

「いい小豆が入りましたので、薯蕷饅頭にいたしました。お口に合うかわかりませんが。少しですが、お持ちいたしました」

「お気遣いありがとうございます。少々お待ちくださいませ」

すぐに奥に引っ込んだが、誰も出てこない。結局、その若い女中がまた現れて受け取った。

小萩はなんだか物足りないような気がしたが、幹太はすましている。

「こんなもんだな。明日もまた、来よう」

「明日も？」

小萩は驚いてたずねた。

「たくさん人が出入りするんだから、一回ぐらいじゃ覚えてもらえないよ。何回も通って顔を覚えてもらうんだ」

翌日はぴかぴか光るような粒あんをパリッとした焦がし皮に詰めた最中にした。その次の日は紅葉やいちょうの葉の姿の干菓子を小さな籠《かご》に入れたものを用意した。

何日かすると、女中の愛想がよくなった。「いつもありがとうございます。みんなで楽しませていただいております」などと言われた。小萩も慣れてきて「台所役首座の井上三郎九郎勝重様、補佐の塚本平蔵頼之様によろしくお伝えくださいませ」と言うのを忘れない。

そんな風にして十日が過ぎた。

その日は「山路の錦」という銘の上生菓子である。お福は「小倉山峰のもみぢ葉心あらば　今ひとたびのみゆきまたなむ」という和歌を添えた。

「そろそろ、台所役様にもお顔を見せていただきたい」という気持ちをこめている。

若い女中は愛想がいいが、相変わらず音沙汰なしである。

三

朝の大福包みが終わって井戸端で洗い物をしていたときだった。

「昨日、沖屋《おきや》に行ったんだけどさ」

留助が言い出した。沖屋は留助の女房のお滝が以前働いていた見世だ。暮れで忙しいので手伝っているという。

「ひとりで家にいてもしょうがねぇから、沖屋で酒でも飲んで向こうの仕事が終わるのを待とうと思ったんだ。そしたら見世がいっぱいなんだよ。伊勢松坂の奴らなんだ。由助以外の全員が来たんじゃないかってくらいだ」

「なんかお祝いでもあったんですか？」

小萩がたずねた。

「なんでもある人から一日見世を貸してくれって頼まれて、仕事が休みになったんだってさ。しかも、小遣いまで出たらしい」

「へぇ。そりゃあ、どういうことだ？」

伊佐も驚いた顔になった。

「思うだろ。見世を借りきって職人を働かせるって言うなら分かるよ。職人を休ませるってのは意味が分からねぇ。伊勢松坂の奴らもわからないらしい。けどまぁ、なんにしろめったにない休みだ。酒でも飲んでゆっくりしようってことになったそうだよ」

「昨日松兵衛さんと会いましたけど、そんな事言ってませんでしたよ」

小萩は首を傾げた。

「そうだよ。あの渋ちんの松兵衛さんが小遣いまで出すかなぁ」

幹太も口をとがらせた。

「そうだろ。気持ち悪いよなぁ。お天道様が西から昇るようなことだぜ」

留助が言う。

「おい。今の話、聞き捨てならねぇぞ」

突然、弥兵衛が顔を出した。

「伊勢松坂の奉公人が見世を休んで、みんなして酒を飲んでいたのか？」

「へぇ」

留助が答えた。

「ふうん」としばらく考えていたが、くいと顔があがった。

「こりゃあ、なんか、あるぞ。おい。幹太と小萩、二人して、ちょいと伊勢松坂の様子を見て来い、今すぐだ」

小萩と幹太は伊勢松坂まで走って行った。

伊勢松坂は蔵造りの大店で、日本橋の通りを歩けば丸に伊の字を染め抜いた藍ののれんが見える。だが、そののれんがなかった。いつもなら、見世の前を小僧がほうきで掃いたりしている時分なのに、その姿もない。

「あれ、戸が閉まっているじゃねぇか」

幹太が驚いたように言った。盆と正月以外休むことのない伊勢松坂の戸が閉まっている。強く引いてみたが、しんばり棒がかかっているのか動かない。

「今日も貸し切りなのかしら」

小萩はつぶやいた。

「そんなわけ、ねぇよ」

幹太といっしょに戸に耳をあてた。中はしんとして、物音が聞こえない。

「裏に回ってみようぜ」

二人で勝手口の方に回った。勝手口の戸も閉まっている。いつもなら小豆を煮る香りが漂ってくるはずなのに、それがない。

「休みかしら」

言いかけた小萩の口を幹太が押さえた。そっと戸の隙間から中をのぞくと、仕事場に人が集まっているのが見えた。由助たち職人だけでなく、手代《てだい》に女中、小僧もいる。前に立っている番頭が大きな声をあげた。

「大事な話があるから、みんな心して聞くように」

しんと静まり返った。

目を凝らすと、奥の方に、黒っぽい着物を着た女の姿が目えた。隣には背の高い、やせた男がいる。

聞き覚えのある女の声が響いた。

「今日から私が伊勢松坂の主人である。仕事のことは、ここにいる助右ヱ門《すけえもん》に任せた。助右ヱ門の言葉は私の言葉だ。みんな従うように。いいね」

奉公人たちの小さなつぶやきがさざなみのように広がった。

幹太と小萩は顔を見合わせた。

「ねえ、この声……」

「勝代《かつよ》だ。天下無双《てんかむそう》で鷹一《たかいち》さんと組んでいたあの女だ」

幹太が低い声で言った。

勝代は吉原遊郭の見世、大島楼《おおしまろう》のやり手で聞こえたおかみであり、商いの才覚にすぐれ、吉原の外でもかんざし屋や料亭などをいくつか持っている。二十一屋とは浅からぬ因縁のある相手でもある。

「勝代が伊勢松坂の当主になったってこと？」

「じゃあ、松兵衛さんたちはどうなったんだよ」

幹太がつぶやく。

「これからこの見世は私が仕切る。最初にはっきり言っておく。不満があるものは、今すぐ、ここを去ってもらいたい。ただし、松兵衛一家はもうここにはいない。行き先は知らない。私について来たものは悪いようにはしない」

助右ヱ門の声が響いた。

「つまり、伊勢松坂は勝代に乗っ取られたってことか？」

幹太が目を白黒させている。

「ともかく帰ろう。早く帰って、旦那さんやみんなに伝えなくっちゃ」

小萩は幹太の腕を引っ張った。

走り出した小萩は思い出した。昨日、お福と買物に行った帰り、日本橋の橋の上に松兵衛の姿があった。

背中を丸め、川面を見つめている。夕日を浴びたその背中がなんとも淋しそうだった。

「おや、なんだよ。身投げしそうな人がいると思ったら松兵衛さんじゃないか。こんなところで何をしているんだよ？」

お福が声をかけた。

「いや、財布でも流れて来ねぇかと思って川を見てたんだよ」

松兵衛はいつもの調子で返した。

「ああそうかい。なんだか背中がわびしそうで、あたしはまた、てっきり身投げでもするんじゃないかと心配したよ」

「冗談じゃねぇや。こんな寒い日に身投げしたら風邪ひいちまうじゃねぇか」

「そりゃあ、そうだ」

お福と松兵衛は顔を見合わせて笑った。

「しかし、いいねぇ。久しぶりに笑ったよ。あんたとだと話がはずむ。こんな風に安心して話ができるのは、お福さん、あんただけだよ」

「おや、おや。それは褒めてくださっているんですか？」

「当たり前だよ。あんたとは長いつきあいだからね。今まで世話になったね。今日、あんたに会えてよかった。うれしいよ」

松兵衛は少し真面目な顔になって言った。

「いやだよ。まるでお別れの挨拶みたいじゃないか」

「おや、そうだったかな。年のせいかな？　暮れが近づくと、わしみたいなもんでも殊勝な気持ちになるんだよ」

そう言って松兵衛と別れた。

「あれは、本当にお別れだったんだ」

小萩はつぶやいた。

晩冬

女占い師と豆大福

一

昼前になって、伊勢松坂はようやく店を開いたと、見世に来たお客が言った。それで、小萩と幹太はもう一度見に行った。

羊羹や最中だけでなく、色とりどりの生菓子が並んでいる。番頭や手代がいつものように忙しそうに動き回っている。だが、松兵衛の姿はない。帳場には新しい大番頭の助右ヱ門がいた。

伊勢松坂が勝代のものになったことはその日のうちに菓子屋仲間に知れ渡った。

夕方、見世を閉める頃、船井屋本店の主人の新左衛門が深刻な表情でやって来た。奥の座敷でお福が対し、小萩はお茶を用意した。

「伊勢松坂さんのことは、もうご存知ですよね」

新左衛門は切り出した。

「今朝、うちの者が様子を見て来ました。あの大島楼の勝代さんが主人になったそうですね」

「ええ。どうやら松兵衛さんは相場で大きな損を出し、その借財で首がまわらなくなったんで、勝代さんが見世をそっくり買い上げたということらしいです。昨日のうちに、お年を召した大おかみも、おかみさん、娘さん夫婦、二人のお孫さんもどこかに行かれました。家財道具もそっくりそのままおいていったそうです」

「それじゃ、まるで……」

夜逃げだ。小萩は言葉をのみこんだ。お福の顔をそっと見ると、口をへの字に結んでいる。

「ご近所の方にも挨拶はなかったそうです」

お福は何も言わずうなだれた。

「じつは、その勝代さんが今日、金沢丹後さんに挨拶に見えました。金沢丹後のご主人は今、曙のれん会の世話役をしているんです。それでね、伊勢松坂のことはそっくりそのまま自分が引き継いだ。見世と職人だけでなく、伊勢松坂のすべて受け取った。だから、これまで通り、曙のれん会においてほしい。そう言って松兵衛さんの証文を見せて、自分たちにはその資格があると言ったそうです」

お福は意味が分からないというように目をしばたたかせた。

「つまり、これまで伊勢松坂が築いてきたすべてを自分たちが受け継いだというのです」

「だって、そんなことできるんでしょうか」

お福はたずねた。顔が白くなっていた。

伊勢松坂は松兵衛で五代目である。

蒲郡《がまごおり》近くで茶屋を営んでいた初代が江戸という新天地に夢を抱き、家族とともに荷車に家財道具をのせて江戸に下り、小さな菓子屋をはじめたのは百年以上前のこと。苦労の末に日本橋に見世を構え、職人を増やして、ついに大店といわれるようになる。もちろん、その道のりはけわしく、火事に泥棒、頼みにしていた番頭の裏切りに、跡継ぎの早世《そうせい》と一通りの辛酸をなめている。人より早く起き、人より遅く寝るというのが初代の生き方で、二代目の座右の銘は『人の一生は重い荷を負うて遠き道を行くがごとし』であるという。そんな風に営々と築き上げたのが、伊勢松坂だ。伊勢松坂の道のりは、そのまま松兵衛たち家族の歴史だ。

松兵衛はそれらのすべてを失った。失っただけではない。他人に売ってしまったのである。

「まったく、あの人は。お父さんやおじいさんのお墓になんて謝るつもりなんだろう」

お福はため息をついた。

「まったくですよ。伊勢松坂をこれまで通り曙のれん会においてくれと勝代さんに言われて、金沢丹後さんは頭を抱えてしまった。それが許されるなら、のれんなんて意味がないでしょう。のれんは売り買いできないから価値がある。五十年、百年の重みを証文ひとつで自分のものにできるなんて、おかしいですよ」

新左衛門は言葉に力をこめた。

これは菓子屋だけの問題ではない、呉服屋でも海苔《のり》屋でも同じことが起きるということだ。

「でもね、私は松兵衛さんを責められないと思うんですよ。あの人は狙われたんですよ」

新左衛門は声を低めた。

「勝代にですか？」

お福の声も低くなる。

「そうです。勝代は菓子屋という商売にまだ未練があったんでしょう。伊勢松坂は大店でいい職人がいて、上客をつかんでいる。しかも店主は人がいい。脇が甘い」

新左衛門は言いにくいことをすぱりと言った。

「人のことは言えません。私も苦労知らずの世間知らずだ。泥水を飲んで這い上がって来た勝代のような者にはどうあがいても勝てない」

勝代は奥州の生まれで五つのときに買われて吉原の大島楼に来たという。そろばんが得意で七つのときには暗算で掛け算、割り算ができ、商いの才もあった。大島楼の主人は見世に出すのをやめて自分の傍らにおき、商いのいろはを教え、ついには養女にした。

「吉原は特別な場所だ。その中ではなんでも許される。だから、商いの流儀も私たちとはまったく違います」

新左衛門は断言する。

吉原は女を売り買いする場所だ。楼主にとって女は商いの道具。花魁《おいらん》に育てて大きく稼ぐ一方で、病気になったりしてお客がとれなくなった女は見捨て、死ねば投げ込み寺に送る。それが吉原の商いだ。自分も同じ買われて来た身でありながら、女たちにそうしたむごい扱いができるのが、勝代という女だ。

「今日、私がうかがったのは、このことは二十一屋さんにも大きな関係があると思うからです。勝代の菓子屋を邪魔したのはお宅だ」

「いや、邪魔したわけじゃないさ……」

お福の声が小さくなった。

勝代は鷹一という菓子職人を呼び、天下無双という菓子屋をはじめさせた。鷹一は二十一屋で修業した男で、徹次とは兄弟弟子だったので、菓子比べをすることになった。

そして、牡丹堂が勝った。

「勝代は前の因縁を忘れちゃいないはずだ。今度はきっと、お宅を狙いに来る」

話が本題に入るらしい。座敷を出ようとした小萩にお福が言った。

「小萩もここで、私といっしょに話を聞いておくれ。お前も勝代のことを知っているよね。後で徹次さんたちにも伝えなくてはならないかもしれないから」

新左衛門はうなずき、居住まいを正した。

「ご存知のように伊勢松坂は山野辺藩の御用を賜っている。二十一屋さんにもお声がかかっている。当然、勝代さんとぶつかることになるでしょう。お宅はどうなさるおつもりですか？」

「どうって、言われても」

お福は言葉を濁した。

「あれから、山野辺藩から何かお沙汰がありましたか？」

「いいえ、結局、あの一回だけなのです」

「それならよかった。むしろ、そのままにしておいたらいかがですか？」

「そう言われても……」

大名家御用の機会をむざむざ投げ出せというのか。

そうはいくまい。たとえお福が納得しても、徹次が首を縦に振るわけはない。山野辺藩の御用を賜るという風に物事は進み出しているのだ。

小萩は入れ替えたお茶を新左衛門の前におきながら、さりげなく二人の様子をうかがった。

「かんざしを扱う福島屋《ふくしまや》と山崎屋《やまざきや》さんのお話は以前にもしましたよね。船井屋はどちらのお見世にもご贔屓をいただいておりました」

勝代は上野広小路に丸高屋《まるだかや》というかんざし屋を出した。福島屋や山崎屋が新しいかんざしを売り出すと、よく似たものを安い値段で売り出した。福島屋と山崎屋が何度注意しても丸高屋は変わらず、ついに見世の者がいざこざを起こすまでに険悪になった。

そんなとき、福島屋の幼い娘がかどわかされた。その日のうちに見つかったが、福島屋はこれを勝代の脅しととった。大切な娘を守るため、福島屋は見世をたたんで他へ移った。一方、強気で最後まで勝代と争った山崎屋は手形詐欺に巻き込まれ、江戸所払いとなった。

新左衛門はそうした話を淡々と語った。

「福島屋さんや山崎屋さんのように仕掛けられたら、お宅は一体、どうするおつもりですか？」

たずねられてお福の顔色が変わった。膝の上に重ねた手が震えている。

「これは私の想像です。はずれたらよいと思っています。でも、どうぞ、心に留めておいてください。あの女は恐ろしい。侮ってはいけません」

そう言って新左衛門は席を立った。小萩が見送ってから座敷に戻ると、お福はまだ、そのままの姿勢で座っていた。

「おかみさん、新しいお茶を入れましょうか」

小萩が声をかけると、お福ははっとしたように目をしばたたかせた。

「ああ、ありがとうね。そうしてもらおうか」

湯呑を手にしたまま、しばらくじっと考えていたが、静かな声で言った。

「悪いけど、徹次さんを呼んでもらえるかい？」

小萩は徹次を呼びに行った。


徹次がいなくなった仕事場では、留助と伊佐、幹太が仕事をしていた。

「小萩、船井屋本店さんはなんの話をしに来たんだ？」

留助が心配そうに声をかけた。小萩は新左衛門から聞いた話を伝えた。

「なんだよ。せっかく山野辺藩から話が来たのに、諦めるっていうのかよ」

幹太が負けん気の強そうな目に力をこめた。

「それはねぇよ。親方はそんなことで退《ひ》く人じゃない」

伊佐がきっぱりと言った。

「そんな話を聞かされたくらいで怖《お》じ気《け》づかねぇよ。鷹一さんとの菓子比べだって正々堂々と戦って勝ったじゃねぇか。親方は逃げたりしない。本気を出してぶつかるさ」

「そうだな。きっと、やってくれる」

幹太は目を輝かせた。

「しかしなぁ、なんで、あの勝代とあっちこっちでぶつかることになるんだよ。俺は穏やかに仕事をしたいよ」

留助がぼやいた。

「そうですよ。私もそう思います」

小萩も同感だ。

しばらくして徹次は厳しい顔で仕事場に戻って来た。どういう話になったのか知りたくて、伊佐や幹太が様子をうかがっているが徹次は何もしゃべらない。何事もなかったようにかまどに小豆の入った鍋をおいた。

やがてお福が顔を出し、何気ない調子で言った。

「あたしも伊勢松坂の様子を見てきたいんだ。小萩もついてきてくれるか」

いつになく厳しい顔をしていた。


通りはもう暮れかかり、木枯らしが落ち葉を舞い上げている。

お福は背筋をまっすぐに伸ばし、早足で歩いていく。小萩はその後を追いかけた。

伊勢松坂の見世はまだのれんがかかっていた。いつものようにお客でにぎわい、饅頭や羊羹を買っている。番頭や手代の顔ぶれも変わらない。

仕事場に行けば職人頭の由助を柱に職人たちが働いていることだろう。

「変わりませんねぇ」

小萩が言うと、お福もうなずいた。

「そうだね。もっと何か違っているかと思ったけど、何にも変わっていないね」

ふと、視線を感じて見世の奥に目をやると、いつも松兵衛が座っていたあたりにやせた助右ヱ門の姿があった。

年は四十をいくつか過ぎたくらいか。頬骨が高く、かぎ鼻で吊り上がった細い目をしていた。番頭が近づいて何かたずねると、指図をしている。

「あの男が大番頭か。勝代の右腕ってやつだね。なるほどそろばん勘定に長《た》けてますって顔をしているよ」

お福は苦い声でそう言うと、くるりと背を向けて歩き出した。

師走《しわす》の町は誰もがみんな急ぎ足で、通り過ぎて行く。

「伊勢松坂がなくなるなんて思ってもみなかったよ」

お福がつぶやいた。

「そうですね。ついこの間まで、松兵衛さんがいらしていたのに」

小萩は得意そうな松兵衛の顔を思い出して言った。

「大店っていうのはさ、たとえて言えば太い根っこを地面に深く、広くはった、枝ぶりのいい大きな木みたいなもんだ。何年もかけて立派な木に育つ。だから、そういう木が倒れるときは、ゆっくりと倒れるものかと思っていたけど、案外、あっけなかったねぇ」

「伊勢松坂さんは倒れたわけじゃないです。持ち主が変わっただけなんです」

お福はきっとなって、小萩を見た。

「あんたねぇ、伊勢松坂は松兵衛さん一家の家業なんだよ。松兵衛さんたちがいなくなったら、もう伊勢松坂じゃないんだ。いくら名前が同じだって、ぜんぜん違う見世なんだ」

そう言うとお福はうつむいた。

「大おかみはお年だし、お孫さんはまだ小さいのに。この寒空でどうしているんだろう。

「無事に年を越せるのかねぇ」

立ち止まると肩を震わせて泣きだした。

二

徹次が続けるというので、山野辺藩へのご機嫌うかがいをしている。さすがに毎日ではなくなったが、三日に一度は小萩と幹太が菓子を届けている。

しかし、相変わらず、何の沙汰もない。

いつものように菓子を届けた帰り道、幹太がたずねた。

「おはぎはいつ、田舎に帰るんだ？」

「うん、それがねぇ、帰るのよそうかと思っているの」

「なんで？　帰りたくねぇのか？」

幹太が心配そうな顔をした。

「帰ってもすぐ戻って来ることになるし、こっちにいてみんなとお正月を過ごした方が楽しそうじゃない？」

「そんなこたあねぇよ。帰ったほうがいいよ。おとっつぁんもおっかさんも待っているぜ」

妙に大人びた調子で幹太が言った。その拍子にくしゃん、くしゃんと二度くしゃみをした。

「風邪ひいたの？」

小萩がたずねると、幹太はあわてた様子で「違う、違う」と手をふった。

そのそばから、またくしゃみ。

「やっぱり風邪をひいたんじゃないの？」

小萩が言うと、幹太は困った顔になった。

「ゆうべ、寝てたら布団を蹴っちまったんだ」

幹太の寝相の悪さは天下一品で、枕や布団を飛ばしてしまうという。

くしゃみしそうになってあわてて鼻を押さえた幹太はえらく真面目な顔で言った。

「俺が鼻風邪をひいていること、ばあちゃんには言うなよ。ばあちゃんは大騒ぎするからさ」

「わかりました」

小萩は答えた。

幹太の母親のお葉は九年前の暮れ、流行り風邪で亡くなった。見世で倒れて、年を越すことなく亡くなってしまったという。

以来、お福はだれかが風邪をひいたと聞くととても心配する。ましてや、大事な孫の幹太である。あわてるのが目に見えている。

夕方になると、幹太はくしゃみに加えて鼻水もでるようになった。

「仕事場でくしゃんくしゃんとやられちゃたまらん。奥の仕事を手伝え」

徹次に言われて、幹太は小萩のいる台所に来た。

「ばあちゃんは何をしている？」

幹太がたずねた。

「今、お客さんといっしょに出かけたところ」

「そうか。助かった」

そう言う幹太の鼻が赤い。

「熱があるんじゃないの？　だるかったら無理しないで休んだらいいのに」

「大丈夫だってば。俺は納戸の掃除をするからって言っておいて」

しばらくして小萩が納戸を見に行くと、壁に体をもたせかけて休んでいた。顔は赤く、目がうるんでいる。

「ちょっと休んでいただけだよ」

そう答える幹太の声はかすれていた。

「こんなほこりだらけのところに座っていたら、よけい風邪が悪くなるわよ。もう、無理しないで休んだほうがいいって」

小萩は思わず強い調子になった。

「だれが風邪だって？」

お福が顔を出した。

「幹太さんが……」と言いかける小萩を遮って、幹太は「俺は大丈夫だから」と立ち上がろうとした。その途端、ふらりと体がゆれた。

「お前、風邪をひいたのかい？」

幹太の額に手をあてると、叫び声をあげた。

「すごい熱じゃないか。どうして黙っていたんだよ」

すぐに布団に寝かせ、冷たい手ぬぐいを額にのせた。

「ばあちゃん、俺はもう、小さな子供じゃないんだから、そんな心配しなくても大丈夫だよ」

幹太はささやかな抵抗を試みる。だが、お福は聞く耳を持たない。伊佐は医者の弘庵《こうあん》を呼びに走った。

弘庵の医院は切り傷、目病《めや》み、腹痛《はらいた》とさまざまな病気の人がやってくるからいつも混んでいる。「悪いが、行けるのは夜だ」と言われたそうだ。

そうこうしているうちに幹太の風邪はさらにひどくなった。もう強がりはなくなって、寒気がする、体の節々が痛む、頭も痛いと言い出し、二度吐いた。

日がとっぷりと暮れた頃、やっと弘庵がやって来た。

「悪い風邪にかかったなぁ。最近、この風邪が流行っているんだよ」

弘庵は気の毒そうな顔になった。

「治るまで、七日ほどかかるな。それまでは薬を飲んで、暖かくして滋養のあるものを食べてゆっくり休む。他の人にも移るかもしれないから、むやみに近づかない。近づいたら手を洗う。使った食器や寝巻は熱湯をかけて洗う」

そう言って帰っていった。

お福は眉根を寄せて何か考えていたが、きっと顔をあげて宣言した。

「このまんまじゃ、見世中の者が風邪をひいちまう。あんたたちは見世の仕事をしておくれ。幹太の看病はあたしがする」

言葉通り、お福は幹太の世話を一人で引き受けた。幹太を自分たちが使っている奥の部屋に移し、代わりに弥兵衛は幹太の部屋に行く。粥をつくるのも、寝巻や食器を熱湯で洗うのも、すべて一人で行い、ほかのだれにも手伝わせようとしなかった。

そうして四日が過ぎた。

牡丹堂では毎朝、朝餉の前に全員で大福を包む。お福と幹太の姿が消え、ふだんは加わらない弥兵衛が代わりに入っている。

「幹太はまだ熱が下がらないのか」

徹次がつぶやいた。

「医者が七日かかると言ったんだ。すぐには良くならんだろう。お福もつきっきりでなくて、いいんじゃねぇのか」

弥兵衛も渋い顔をした。

暮れに向かって贈答用の饅頭や羊羹がよく売れて、茶会もいくつかある。ただでさえ忙しい牡丹堂は目いっぱいなのだ。

見世に来るお客たちはお福の姿が見えないので、どうしたのかとたずねる。

「幹太さんが風邪？　まぁ、そりゃあ、大事なお孫さんだからねぇ、お大事にしてくださいよ」などと言っていたお客も、四日目となると「まだ、風邪？」とたずねるようになった。

昼過ぎ、部屋から出て来たお福はよそ行きの着物を着ていた。どこか思いつめたような顔で言った。

「小萩、ちょっと出かけるからいっしょにおいで」

「どこに行くんですか？」

「いいから、早く」

厚い雲がかかった曇り空の寒い日で、お福も小萩も息が白くなった。

足早に歩くお福を追いかけて行くと、日本橋の呉服屋の川上屋に着いた。正月の晴れ着を用意するお客で見世は混んでいた。

「おや、おかみさん。今日はどんな御用で？」

揉み手をして出て来た番頭にお福はおかみの冨江を呼ぶように頼んだ。

「まぁ、お福さん。しばらくお顔が見られなかったから心配していたのよ。幹太さんの風邪はもういいの？」

冨江が愛想よくたずねると、お福は眉根を寄せた。

「そのことなんだけどね。あんた前によく当たる占い師のことを言っていただろ。その人は初めてでも観てもらえるんだろうか」

「あら？　お福さんでもそんなことおっしゃるの？」

冨江は意外そうな顔をした。お福は神仏に手を合わせるが、占いのたぐいは信じないのだ。

「病気一つしない子だから、何か障りがあるんじゃないかと心配になって来たんだよ」

「そうよ。そういうことってあるのよ」

我が意を得たりというように冨江はうなずいた。

何年か前、川上屋で次々とけが人が出たことがあった。心配になった冨江が頼ったのは占い師の山形弦斎《やまがたげんさい》だった。鬼門が乱れているのではと言われ、見世に戻って鬼門の方角をあらためると、割れた瀬戸物がたくさん捨てられていたのである。

「それでその瀬戸物をみんな片付けて、塩をまいたの。そしたらそれからけが人は出なくなったのよ。本当によく当たるの。それにね」

冨江は声をひそめた。

「占いの先生の中には、数珠を買えとか、壺を買えとか言い出す人がいるの。あたしもずいぶん散財したのよ。でも、あの先生は一切、そういうことを言わないの。お金にきれいなところがいいわ」

いそいそと人形町《にんぎょうちょう》の弦斎のすまいを書いた紙を手渡してくれた。

お福はすぐさま、弦斎の家へ向かった。

「別に占いに頼ろうってわけじゃないんだよ。だけどね、そういう不思議なことってのはあるもんだからさ」

お福は言い訳するように道々小萩に話しかけた。

「あたしはお葉が死んだときのことが忘れられないんだよ。今も、幹太を看病していると、お葉と重なって見えるんだ。あんなふうに熱で苦しそうだった。幹太はのどが痛い、頭が痛いって訴えるけど、お葉は何も言わなかった。一人で我慢していた」

お福は暗い目をしていた。

「あの子は人一倍の頑張り屋だった。暮れで忙しかったから、自分だけ休むわけにはいかないと思ったんだろ。あたしも気になっていたんだ。だけど本人は大丈夫だって言うし、正月までもう何日もないから、そこまで頑張ってくれたら後はゆっくりできる。それで、少々の無理は承知で働かせちまったんだよ。かわいそうなことをした」

それは今でもお福の心の傷になっている。

「だいたい幹太が風邪なんておかしいだろ。あんな丈夫な子が寝込むなんてふつうじゃないよ。きっと何か障りがあるんだ」

お福の言葉は止まらない。足もどんどん速くなった。

橘《たちばな》稲荷《いなり》の脇にさしかかった時だった。

「失礼ですけど、どなたかうちにご病気の方がいらっしゃるのではないですか？」

ふいに背後から声をかけられた。

お福は強い力で引っ張られたように立ち止まった。

振り返ると女がいた。黒っぽい着物に頭巾を深くかぶっていて顔の半分は見えないが、口元は若々しく、白い肌をしていた。

女はお福をじっと見つめている。

「息子さん？　いえ、もっとお若いわ。お孫さんかしら。お医者様はなんておっしゃいました？」

まるで何かが見えるかのように言った。女は何か怪しい、不穏な気配をまとっている。

小萩は不安になってお福の袖をそっとひいた。

「風邪だから、暖かくして滋養のあるものを食べてゆっくり休めば治るって」

お福は操られたようにしゃべった。

「それしかおっしゃらなかったの？　ただ、寝ていればいいって？」

医者を責めるような言い方をした。

「そうです。七日ほどで風邪は抜ける。薬を飲んでいても、それぐらいはかかるからっておっしゃいました」

小萩はお福を守るように前に立ち、女の問いに答えた。女は小萩が目に入らないかのようにお福にだけ語りかけた。

「あなたの後ろに黒い影が見えます。どうぞ、お気をつけください」

お福ののどの奥からぐうというような声が出た。

「おかみさん」

小萩はもう一度お福の袖を引いた。だが、お福は小萩の手を振り払い、吸い寄せられるように女に近づいた。

「どうしたら、いいんだい？　孫を助ける方法を教えてくれ」

「ここが私の住まいです。いつでもお越しください。ゆっくりみて差し上げます」

女がお福の手に書き付けを渡した。お福はその紙をしっかりと握りしめた。気がつくと女の姿は人ごみに消えていた。

お福は呆けたようにぼんやりと立っている。

「おかみさん、しっかりしてください。早く弦斎先生のところに行きましょう」

小萩はお福をうながした。

表に「運命鑑定　よろず相談　山形弦斎」という看板が出ていたので弦斎の住まいはすぐ分かった。黒塀に見越しの松をおいた趣のある二階家だった。出て来た小女に川上屋の冨江の名前を言うと、すぐ二階に案内された。待っていると白髪に白いひげの老人が出て来た。

「どのようなご相談ですかな？」

弦斎は低い声でたずねた。

「孫が悪い風邪をひいていて心配なのです」

お福が言うと、小さくうなずいた。幹太の生まれ年を聞き、紙に何か書き付けると、文字や数字がびっしりと書かれた厚い本をめくり、筮竹《ぜいちく》を使って卦《け》を見た。

「お孫さんは壬辰《みずのえたつ》ですな。今年の年まわりはとてもいいですよ。壮健で勉学向上の年、希望が大きく花開くと出ていますよ。来年はさらによい。お風邪もすぐに治りましょう。ご安心なされよ」

老人は安心させるように言ったが、お福は納得できないという顔をした。

「この方は人望厚く、人からの引き立てを受ける。腰が軽いように見えても芯はしっかりとしている。いい運勢をお持ちです」

「はあ」と言ってお福はうつむいた。

「お孫さんはおひとりですか？　ほかにご家族は？」

たずねられてお福は幹太がたった一人の孫で、母親であるお葉は亡くなっていることなどを話した。弦斎は静かにうなずき、お福だけでなく弥兵衛や徹次の生まれ年をたずねた。

「あなた様は丙申《ひのえさる》ですな。むしろ気をつけなければならないのは、あなた様の方ですよ。丙申は大きな心の持ち主で面倒見がいい。けれど、それが過ぎればお節介になる。昔から子のかわいいのと向こうずねの痛いのはたえられぬと申します。まして、あなたの場合はたった一人のお孫さんで、母親代わりだ。心配をされるのも無理はない」

弦斎はそこで大きく息を吸った。

「しかしお孫さんはもう大きい。小さなお子さんのようにあれこれ心配するのはお孫さんのためにもならない。もっと突き放したほうがよいでしょう。お孫さんのことを考えるのは今の半分にした方がよろしい」

その言葉にお福は少し腹を立てたようだ。

「お節介だなんて。孫は病気で寝ているんです。だから私が面倒を見ているんですよ」

答えた口調にとげがある。お福が幹太に甘いことは牡丹堂のみんなが認めるところだ。そして、今回のことでは心配の度が過ぎるというのも、みんなが感じている。だが、そんなことは牡丹堂の誰一人、お福に向かって言うことはできない。

「そうですか。では、そのように」

弦斎はまた本をめくり、じゃらじゃらと筮竹を鳴らした。

「ご家族の方のそれぞれの運勢を拝見したが、今年は発展の年、力みなぎるいい年です。大きな仕事も来たのではありませんか？　今は少々滞っているが、来年になれば動き出す。大きな花が開きますよ。どんどん進んで良しとあります」

それは山野辺藩のことを言っているのだろうか。つまり、今は沙汰がなくても来年になれば注文が来るから安心せよということか。

「その仕事を断った方がいいと言う人もいるんですが」

お福が言った。

「とんでもないことですよ。山を登る時は苦しいけれど、頂上に立てば空が広がっている。ぜひ、幸運をしっかりとつかんでください」

しかし、お福は納得できないという顔をしている。小萩はお福が占いを信じないという理由が、少し分かった気がする。お福は自分で思っていることと違うことを人から言われるのが好きではない。受け入れられないのだ。

「何か、気をつけた方がいいことはありますか？」

小萩が代わってたずねた。

「そうですな。あなた様は少々頑固なところがあるから、気をつけるように」

弦斎はちらりとお福の顔を見た。

「娘婿の方、戊辰《つちのえたつ》ですな。こちらも頑固なところがある。今は、娘婿の方があなた様を立てておられるから良いですが、もうそろそろ見世の舵《かじ》取りはこの方に任せた方がいいでしょうな。そういう時期を迎えています」

「隠居せよということですか？　それは無理ですよ。だって、嫁は亡くなっていますから、私がおかみをしているんです」

お福が即座に答えた。

「いやいや隠居しろとは言っておりません。大事なことをあなたが決めてしまうということはありませんか？　私が言いたいのは、一歩、いや半歩ひいて娘婿を助けること。そうするとご商売はもっとうまくいく。そういうことです」

「はあ。今でも十分に娘婿を助けていると思いますけれど」

不満そうにお福は答えた。


弦斎の家を出ると、お福は頬をふくらませた。

「あの占い師、ほんとに当たるのかねぇ」

「当たりますよ。大きな仕事が来たっていうのは、山野辺藩のことでしょう。今は少し滞っているけど、来年になったら動き出すって言いましたよ。幹太さんのことは心配しなくても大丈夫だって。よかったですよね」

小萩は言葉に力をこめた。だが、お福は納得がいかないという顔をして歩き出した。

日本橋の橋の上に来たお福は足を止めた。空はますます暗くなり、小雪がちらついてきた。

「小萩、あんたは見世の仕事があるんだから帰っていいよ。あたしはちょっと寄るところがあるから」

今、思いついたようにお福は言った。

「寄るところってどこですか？」

「いやなに、ちょっとね」

歯切れの悪い言い方に、ピンときた。

「さっき会った女の人のところじゃないんですか？　だったら、私もいっしょに行きます」

小萩はお福の袖をつかんだ。道で声をかけてくるような怪しい占い師のところに、お福を一人で行かせてはいけないと思った。

泉幽《せんゆう》の住まいは川沿いの曲がりくねった路地の奥の小さな一軒家だった。しばらく人が住んでいなかったのではないかと思われるほど家は古びて、傷《いた》んでいる。庭はさらに荒れていて、松は葉が枯れて赤茶色く、葉を落とした低木は枝がからみあっていた。ずいぶん長い間人の手が入っていないように見える。こんなところに、本当に住んでいるのだろうか。

小萩はますます心配になった。

玄関で訪《おとな》うと、小女が出て来た。

案内された座敷は茶室のように炉が切られ、香が炷《た》いてあり、釜には湯がたぎっていた。

襖が開いて白い着物を着た泉幽が出て来た。

「そろそろおいでになるころかと、お待ちしておりました」

頭巾をとった泉幽は巫女《みこ》のような髪型をしていた。小さな顔は人形のように整って美しい。けれど、片方の目が白く濁っていた。

「十年ほど前、目の病気を患いました。両国の江島杉山《えじますぎやま》神社で千日詣りをいたしましたところ、夢に白蛇が現れて人々の悩みを聞けとのご託宣をいただきました。その日から、見えないはずの目にさまざまなものが見えるようになりました」

泉幽は小さな声でささやくように言った。

両国の江島杉山神社は盲目の杉山和一検校《わいちけんぎょう》ゆかりの場所で、一つ目弁天の異名を持つ。視力を失った泉幽にふさわしい場所ともいえるが、話ができすぎていて眉唾の気がしないでもない。小萩は泉幽を疑わしげにながめた。

「さっき、私の後ろに黒い影が見えると言ったけど、あんたの、そのぉ、見えない目に私の影が見えたのかい？」

お福がおずおずとたずねた。

「はい。真っ黒な大きな影が見えました。それは激しい嵐が近づいている印です。心配になって思わずお声をかけてしまいました」

この人はみんなにそんなことを言っているのではないだろうか。

小萩はちらりとお福の顔を見た。お福は泉幽の顔を見つめている。

「ご安心ください。私には嵐を避ける道が分かります。その前にお二人に白湯《さゆ》を一杯差し上げましょう」

泉幽が手を打つと、さっきの小女が現れて釜の湯を二つの茶碗に注いだ。

「江島杉山神社の井戸の水を毎朝いただいてまいります。この釜の湯はその水を沸かしたものです」

小女が説明した。

薄手の白い磁器の茶碗に透明な湯が入っている。手に持つと、湯の温かさが伝わってきた。

「どうぞ、お召し上がりください」

泉幽にうながされてお福に続いて白湯を飲んだ。一瞬、甘い香りが漂った。白湯はまろやかで、するりとのどを過ぎた。温かさがのどから胸に落ちていく。目の奥で、一瞬、きらきらっと何かが光ったような気がした。楽しいような、うれしいような気持ちになり、気づけば、泉幽を疑う気持ちが消えていた。

「お二人は水を使うご商売ですね」

「ああ。そうだけど」

お福は答えた。あんをつくるとき、小豆を煮るとき、何度も水を替え、水にさらしてあくをとる。菓子屋はたくさんの水を使う。

「ご心配だとおっしゃったお孫さんのご病気ですが、これは水の濁りが原因です。ここでご祈禱《きとう》をいたします。そうすれば、再び水が澄んで快癒しますでしょう」

お福は安心したように、ほっと深い息をついた。

「けれど、問題はあなた様の黒い影です」

泉幽は声の調子を変えた。

「あなた様はおかみとしてお見世を守っていますね。あなた様の背中にある黒い影はやがて大きくなって、ご家族やお見世の方々にも障りが出ます」

「えっ」と言って、お福は絶句した。小萩の腰が浮いた。

「では、どうしたらいいんですか？」

小萩がたずねた。

「お待ちください。もう少しゆっくり観ますから」

落ち着いた様子で泉幽は片手をお福にかざし、目を閉じた。口の中でなにかつぶやいている。

「新しい流れ……、何か、ご商売で新しい動きがありますね。それはおやめになった方がいいでしょう。今はその時期ではありません。手を引くべきです。そうしないと、大きな災いが起こります。あなたの一番大切なものが失われます」

お福がごくりとつばを飲み込んだ。

泉幽はひたとお福の顔に目をあてた。

「あなた様の大切なものとはなんでしょう。黒い影を払うかどうかは、あなた様のお心次第です。ご商売も大事でしょうが、どうぞ、ゆっくりお考えください」

お福は大きなため息をついた。

小萩にはお福の気持ちが痛いほど分かった。心配していた通りのことを泉幽が言ったのだ。

「今のままじゃあ、幹太の病気が治らないって言うのかい？」

「このままにしていたら、そのようなことになりますでしょう」

「それはだめだ。そんなことをしたら、いけない」

「ならば、私の言う通りにしてください。そうでなければ、大きな黒い影は去りません」

「わかった、あんたの言う通りにする」

「そのお気持ち、本心からですか？」

泉幽はたずねた。お福は大きくうなずいた。

「そうだよ。誓って言う。あたしの本当の気持ちだ」

「大事なものを守るために、何かをあきらめなくてはならないかもしれませんよ。それでもいいんですか？」

さらに泉幽は重ねて問う。

「ああ、構わない。一番大事なものを守るんだ」

お福がきっぱりと答えた。

少しぼんやりした小萩の頭のどこかで、引き留めたほうがいいという声がする。けれど、その声はあまりに小さく、かぼそい。小萩もつられるようにうなずいた。

泉幽は微笑んだ。

「わかりました。では、お孫さんのご病気平癒の御祈禱をいたしましょう。私と一緒に祈ってください」

戸を開くと、そこは祭壇になっていて中央に銀色の丸い鏡があり、左右に小さな白蛇の置物がおいてあった。白蛇はとぐろを巻いて鎌首をもたげ、こちらを見ている。

「では、私と同じように手を合わせて」

泉幽が強い声で言う。小萩はあわてて合掌した。横を見ると、お福も真剣な顔で手を合わせている。

「では、参ります。おんそらそばていえいそわか」

突然、泉幽は腹の底から絞り出すような低い、大きな太い声を出した。細い体のどこから出るのかと思うような声だった。

「はい、お二人もごいっしょに。おんそらそばていえいそわか」

お福が大きな声で唱える。小萩も続いた。

「おんそらそばていえいそわか」

「おんそらそばていえいそわか」

小萩は額に汗をかいた。お福も真っ赤な顔をしている。

泉幽が立ち上がり、口の中で何かを唱えながら、二人の前でさらに祈った。それを聞いていると体が温かくなり、眠くなって、やがてふわふわと体が浮いてきたような気がした。

いつの間にか眠ってしまっていたらしい。

「もう、よろしゅうございます」

その声で目を覚ました。手の中には白い紙があった。

「これで、お孫さんも元気になられるでしょう。お守りです。身につけると邪気を払います」

お福はその紙を大切そうにたたみ、懐にしまった。

小萩はどうしようかと一瞬迷った。泉幽は小萩を見つめて言った。

「心に思う方があるのでしょう。ご縁を結んでくれますよ」

伊佐の顔が浮かび、小萩はあわてて紙をしまった。

家の外に出ると、西の空が赤く染まっていた。少しの時間と思っていたが、ずいぶん長い間、泉幽のところにいたらしい。泉幽は人助けが自分の役目だと言ってお代をとらなかった。

「あの人は本物だね」

お福が言った。

「あたしがそうじゃないかと思っていたことを、みんな言ってくれた」

「そうですね」

小萩が懐に手をやると、泉幽に渡された紙があった。きっといいことがある。そんな気がした。


見世に戻ると、幹太が仕事場で働いていた。

「お前、もう、起きて大丈夫なのかい？」

お福が驚いてたずねた。

「熱もないみたいだし、頭も痛くない。暮れでみんな忙しいんだ。俺だけぐずぐず寝てなんかいらんねぇよ」

幹太は立ち上がると、くるりと回って見せた。

「よかったですねぇ、おかみさん」

小萩は言った。

泉幽を怪しむ気持ちはもうすっかりどこかに消えてしまっていた。

お福は目に涙をにじませ、何度もうなずいていた。

三

朝から、座敷で徹次とお福が言い争う声が仕事場にも響いてきた。

「だからもう、山野辺藩にお菓子を持って行くのをやめた方がいいと言うんだよ」

「今やめたら、今までの苦労が無駄になってしまうじゃないですか」

伊佐と留助が驚いたように仕事の手を止めた。幹太もきょろきょろとあたりを見回している。

「おい、一体、どうしたんだ。大きな声で」

弥兵衛が声をかけた。

「だからね、山野辺藩のことは、もうあきらめてくださいって言ってるんですよ。すっぱり手をひいてね、関わりにならないことにするんです」

お福が言った。

「いったい、何をそんなに怖がっているんですか?」

徹次が声を荒らげる。

「船井屋本店の新左衛門さんの話を聞いただろ。勝代は本当に怖い女なんだよ」

「また勝代ですか。だいたい、新左衛門さんが騒ぎすぎるんだ。かどわかしだの、手形詐欺だの、どうせ噂でしょう」

「違うよ。どっちの見世の主人もよく知っていると言っていたよ。鷹一との菓子比べのときのことを忘れたのかい？　見世に火をつけられそうになったじゃないか」

「だから、あれは……」

弥兵衛が割って入った。

「まぁまぁ、二人とも落ち着いて話をしようや。お福も心配する気持ちは分かるけど、徹次はこの見世の主だ。脇からあれこれ口出しをしたらいかん。仕事のことは主である徹次に任せるべきなんだ」

「そんなこと分かってますよ。だけど、ほかのことならともかく、これだけは譲れないんだよ」

お福はさらに声を高めた。

その様子を仕事場から眺めていた留助がつぶやいた。

「おかみさん、どうしたんだ？　あんなにむきになるなんて、めずらしいよ」

「そうだよなぁ。いつもだったら、そんな脅しにのってたまるかって反対に怒ったよ」

伊佐も首を傾げた。

だが、小萩はお福がなぜ、そんなことを言い出したのかわかった。泉幽のご託宣があったからだ。

「おかみさんはみんなの身に何かあったらいけないと心配しているんですよ」

「そんなこと、心配してたら何にもできないよ」

幹太が口をとがらせた。

――おかみさんが心配しているのは、幹太さん、あなたのことなのよ。

小萩はそう言いたかった。お見世も大事、弥兵衛も徹次も見世のみんなも大事。だが、お福にとって一番大事なのは幹太なのだ。

幹太を守るためなら、ほかのどんなものでも手放すだろう。

けれど、小萩はそのことを口に出さなかった。それを言ったら、泉幽のことをしゃべらなくてはならなくなる。あの不思議な部屋のことも、飲むと眠くなる湯や白く濁った泉幽の目のことも。小萩は泉幽のところに行ったことに、後ろめたさを感じている。その一方ですがりたがっている。

しばらくして小萩がお福の部屋をのぞくと、お福は神棚に向かって何か一心に祈っていた。神棚には泉幽からもらったお札が祀ってあった。

「ああ、小萩か。悔しいねぇ、歯がゆいねぇ」

お福は振り向いて言った。

「あたしは、よっぽど泉幽に言われたからだと言ってやりたかったよ。だけどさ、言ったって分からないだろ」

お福は強い目をした。

——おかみさんは一片の迷いもなく泉幽を信じている。

小萩はふと恐ろしさを感じて、泉幽にもらったお札を入れている懐に手をおいた。


昼過ぎ、井戸端で洗い物をしていると、伊佐が来た。

「小萩はいつ、里に帰るんだ？」

「たぶん、年が明けてから……」

小萩は言葉を濁した。帰らないと言ったら、また何か言われそうな気がした。

「そうか。ちょっと早いけど」

伊佐は小さな紙包みを手渡した。包みを開くと、中に赤い塗りの櫛《くし》が入っていた。小さな白い花が描かれている。

「見世の人が流行りの櫛だって言ってた。萩の花だから、あんたにちょうどいいかと思ってさ。いつもよくやってくれるから、お礼の気持ちだ」

「どうして？　私に？」

小萩はうれしいのと驚いたので、声がひっくり返りそうになった。

「里に帰るときは、おしゃれをするもんなんだろ。毎日忙しくて、自分のものは何一つ買ってないみたいだから」

伊佐はうつむいて照れくさそうに言った。小萩は自分のものどころか、家族のみやげもまだ買っていない。いや、そもそもいつ戻るのかという文の返事も書いていない。そうしてなしくずしにこちらにいることにするつもりである。

「挿してみていい？」

小萩は櫛を髪に挿した。

そこへ留助が顔を出した。

「小萩、伊佐に櫛をもらったのか？　よく似合うぜ。それを挿して里に帰ったら、やっぱり日本橋の女は違うって言われるぞ」

幹太もやって来た。

「すげえ、べっぴんに見える。なあ、伊佐兄もそう思うだろ」

「ああ。とてもかわいらしい」

みんなに褒められて、恥ずかしくなってうつむいた。そのくせ、飛び上がりたいほどうれしい。

伊佐が櫛を買ってくれた。自分のために。そんなことは今までなかった。

「ちょっと、鏡見てくるから」

急いで自分の部屋に行き、鏡をのぞいた。頬を染めた自分の顔が映っている。黒髪に赤い櫛がよく映えた。

照れ屋の伊佐がどんな顔をして女物の櫛を買ったのだろう。どんな風の吹き回しで、櫛を買う気になったのだろう。

こんなことは普通では起こらない。泉幽の祈禱のご利益だ。

そうに違いない。そうとしか考えられない。

疑って申し訳ないことをした。

小萩は改めて泉幽の力を思った。

小萩はしょっちゅう髪に手をやってちゃんと櫛が挿さっているか確かめた。みんなに自慢したい。だれかが新しい櫛に気がついてたずねてくれないかと思う。

そんなことを考えながら、川上屋の注文の菓子を持って通りを歩いていると、はぜのお侍がいた。いつものように色があせた着物で髷も乱れている。そして、これもいつものように立ったまま、最中を食べていた。

小萩が会釈すると気づいた。

「おや、牡丹堂のお人だね」

「今日は最中なんですね。お茶もなくて、のどに詰まりませんか?」

「大丈夫だ。もう、慣れた。これは伊勢松坂の最中だ。当主が変わったと聞いたから食べてみたが、相変わらずうまい」

伊勢松坂の当主が変わったことは菓子屋仲間の間では周知のことだが、世間には伏せられているはずだ。

この男、ただの菓子好きと思って侮ってはいけないようだ。

小萩はちろりと表情をうかがう。

「まだ味は変わっていない。だが問題は半月、ひと月後だな」

「そうなんですか?」

「当たり前だよ。今は以前に仕入れた小豆と砂糖でつくっている。それがなくなったら、もう少し安いものに変えるかもしれない。あんこを炊くには薪《まき》がいる。薪代がもったいないからと火を十分にいれないかもしれない。そんなことをしているうちに、少しずつ、少しずつ、今いる場所から離れてしまうんだ」

鋭い意見である。

「心配なのは、そうやって少しずつ材料を落とし、手間を省いていくと、見世の者もその味に慣れてしまうことだな。これでいい、まだ大丈夫と思っているうちに、お客が離れてしまう」

「お侍さんはすごいですね。まるで本物の菓子屋のようです」

「そうか？　これでも毎日、菓子を食べているからな」

少し自慢そうに鼻の脇をかいた。

「ああ、それから」

「はい、なんでしょう」

「その櫛はいいな。若い娘には赤が似合う」

小萩は思わず笑顔になった。

侍は自分の身なりはかまわないくせに、他人のことはよく気がつくらしい。

川上屋に行ったが、あいにくお景は出かけていて留守だった。冨江もおらず、番頭たちは忙しくしている。女中にお菓子を渡して戻ってきた。

帰り道、千草屋《ちぐさや》のお文《ふみ》に会った。

「あら、小萩さん。しばらく」

いつものように話しかけてきたお文がふと心配そうな表情を見せた。

「ねぇ、おかみさんはお変わりないのよね」

「はい、おかげさまで。何か？」

「いえね、さっき、うちの見世にいらしたとき、ちょっとしたことで父と言い争いになったの。父も年をとって頑固になったから、言い出したらきかないの」

今朝の徹次とお福の言い争いが思い出された。

あんな風にぶつかったのだろうか。

「ごめんなさいね。変なことを言ってしまって。最後は、いつも通りに笑って帰られたんだけど。ひとつ気になったのは、おかみさんが手首につけていた数珠のこと」

言われて小萩は思い出した。お福は手首に見慣れない数珠をつけていた。

「私、それと同じようなものを見たことがあるのよ。もしかして占い師のところに通っていない？」

「いいえ、そんなことはないと思いますけれど……」

小萩は言葉を濁した。

「そうよねぇ。おかみさんは占いのたぐいは好きじゃないっておっしゃっていたものね」

お文は笑った。

「なにか、数珠で困ったことがあったんですか？」

小萩は遠慮がちにたずねた。

「以前、近所の薬屋のおかみさんが占いに凝ったのよ。お数珠や壺をたくさん買うようになって、私たちもそこに行くように勧められた。最初はよかったんだけれど……」

お文は困ったような顔をした。

「ある日、おかみさんの様子が変わったの。だれかが乗り移ったみたいに、泣いたり、怒ったりして暴れて。結局、お見世をたたんでどこかに引っ越して行ったわ」

「えっ……」

小萩は唇をかんだ。なぜか急に泉幽の家の荒れた庭を思い出した。

「ありがとうございます。おかみさんの数珠はただのお守りだと思います。大丈夫です。安心してください」

小萩はあわてて言った。

牡丹堂に戻ると、お福に呼ばれた。座敷に行くと光る石のついた数珠を渡された。

「手首にはめておきな。邪気を払ってくれるんだよ」

お福はそう言って、自分の手首の数珠をなでた。

「泉幽さんのところのお数珠ですか？」

「ああ。昨日、また話を聞いてもらったんだ。あの人は本当にすごいよ。この家のことはなんでも見えるらしいんだ」

お福が心から信頼しているように「あの人」と呼んだので、小萩は急に不安になった。

「あんまり夢中にならない方がいいですよ」

「どうしてだよ。あんたも、会っているじゃないか。こんなものもあるんだよ」

お福は押入れの中から大きな木箱を取り出した。蓋を開け、黄色い布をほどくと、焼き物の壺が現れた。ずっと土の中で眠っていたような渋い色をしている。

「これを家の鬼門におくといいそうだ」

うれしそうになでた。

「なんだか、ずいぶん高そうですけど……」

「値段なんか、いくらだっていいじゃないか」

――お数珠や壺をたくさん買うようになって……。

お文の言葉が思い出された。

こんなことを続けて大丈夫だろうか。泉幽は本当に信じられる人なのか。

小萩の背中がうすら寒くなった。


翌日、お福が泉幽のところに行くと言ったので、小萩もついて行った。

泉幽のところに行くと、以前と同じように小女が出て来て、座敷では釜の湯がたぎっていた。

「いらっしゃる頃と思っていました」

すべてお見通しというように、泉幽は微笑んだ。

この人の言うことをうのみにしてはいけないと、小萩は身構えた。

けれど、勧められた湯を飲むとうれしいような楽しいような気分になって、疑う気持ちが消えてしまった。

どうして、この人を疑ったりしたのだろう。幹太の病気は治ったし、伊佐は櫛をくれた。良い事ばかりではないか。

「いかがですか？　その後、ちゃんとお話を進めていらっしゃいますか？」

泉幽がお福にたずねた。

「もちろんだよ。あんたの言った通りにする」

お福が答える。

二人の話を聞いているうちに、なんだかうっとりとしてきた。目の奥で何かがきらきらと輝いている。いつの間にか小萩は眠ってしまったらしい。

気がつくとお福といっしょに泉幽の家の前にいた。空は茜色に染まっている。おいしいものを食べてお腹いっぱいになったときのような満ち足りた気持ちがした。

「来てよかっただろう」

お福は言った。

「あたしはこれから船井屋本店に行って新左衛門さんに会ってくるよ。あんたもいっしょにおいで」

お福は歩き出した。


たくさんのお客でにぎわっている船井屋本店の店先で、番頭に言づけると新左衛門がすぐに出て来た。

「この間のことなんだけどね、やっぱり、おっしゃる通りにするよ」

お福が言うと、新左衛門は相好をくずし、奥の座敷にいざなった。小萩もお福について座敷にあがり、隅の方に座った。

「いやあ、よかった。それにしても本当によく決心してくださいました」

新左衛門はお福に頭を下げた。

「やめてくださいよ。お礼を言わなくちゃならないのはこちらの方なんだから。曙のれん会のことでは、本当にお世話になりました」

曙のれん会という名前が出て、小萩はお福の訪問の意味を悟った。泉幽が「話を進めているか」とたずねたのは、このことだったのだ。山野辺藩に菓子を届けるのをやめるだけでなく、曙のれん会へ入ることも辞退しようというのか。

「徹次さんは反対すると思うけれど、ちゃんと私が説得しますから」

お福はきっぱりと答える。

いや、そうは簡単にいくまい。

昨日、山野辺藩のことで徹次と言い争ったばかりではないか。また、騒ぎになる。

小萩が自分の手首を見ると、お福にもらった数珠が光っていた。

――最初はよかったんだけれど……。

お文の声が聞こえた。

なんだか、とんでもない間違いをしているような気がする。

「いやあ、それはありがたい。さすがおかみさんだ」

新左衛門が大きな声を出した。

「私は福島屋さんと山崎屋さんのことを知っているから、心配していたんですよ。あの時、心底怖いと思った。松兵衛さんが身代をつぶしたのも、勝代が噛んでいると思うのですよ。そうでなきゃ、あれだけの大店があれほど早く傾くなんて考えられない」

「あたしもそう思いましたよ」

「そうでしょう。二十一屋さん、私はお宅には、伊勢松坂と同じ轍《てつ》を踏ませませんよ」

新左衛門は力強く言い、お福は頭を下げる。二人はそれからもあれこれと話し合った。

見世を出るとお福が言った。

「今、聞いたことはみんなには黙っているんだよ。これはあたしが自分で決めたことなんだ。あんたには関係がない。何か聞かれても知らない、聞いてないと言うんだよ」

小萩は困ったことになったと思いながら、うなずいた。


その夜、徹次のところに本菊屋の主人の善三が何やらひどく怒った様子でやって来た。台所で片付けをしていた小萩にも仕事場からの大きな声が聞こえた。

「あんた、なんだって、せっかくの曙のれん会の話を辞退するなんて言ったんだ。こっちはいろいろ根回しをしているのにさ」

「だれがそんなことを言っているんです？」

徹次は驚いた声を出した。

「おたくの大おかみだよ。今、新左衛門さんがうちに来たんだ。これこれ、こういう訳だから、あの話はなかったことにしてくれと言われた。あんたも承知してるって聞いたよ」

お福は千草屋に出かけて留守だ。小萩はあわてて仕事場に向かった。幹太や伊佐、留助も仕事の手を休めて、成り行きを見つめている。

「小萩はその話を聞いているのか？」

徹次が強い調子でたずねた。

「はい。少し」

小萩は仕方なくうなずいた。

「いつのことだ」

「今日の夕方です。おかみさんが船井屋本店に行くのについて行きました。そこで勝代さんのことがあるから、やめておいたほうがいいと二人で話をされていました」

徹次の目が三角になった。善三はやっぱりというように腕組みをした。

「今までなんで黙っていた。どうして俺に黙って、そんな大事なことを決めたんだ」

おそろしい剣幕で徹次が言ったので、小萩は震えあがった。

「はい、それは……。すみません」

「親方、小萩を怒っちゃ、かわいそうですよ。おかみさんについて行っただけなんだから」

留助が助け船を出した。

「そうだよ。決めたのはばあちゃんと船井屋本店だ」

幹太も続ける。

「だけど、そういう大事なことは、一言親方の耳に入れておいた方がよかったな」

伊佐が冷静に諭す。

「俺は小萩を怒っているんじゃない。なんで、そういう大事なことを一言も俺に相談なく、勝手に決めて話を進めるんだってことを言っているんだ」

徹次の声が高くなった。

「おや、どうしたんだい？」

なじみの見世で一杯飲んで帰ってきた弥兵衛が顔を出した。

「ああ、弥兵衛さん、それがさ」

善三が小声で説明をする。

「はぁ？　またなんだって辞退なんてするんだ？」

「だから、船井屋本店の新左衛門さんなんだよ。あの人も困ったもんなんだよ。伊勢松坂の勝代は恐ろしい人だ、注意しなくちゃなんねぇってあちこちに触れて回っている。で、それを真に受けたのが、おたくの大おかみだよ」

「もう、辞退しちまったのかい？」

「新左衛門さんから世話人の金沢丹後に話が行って、あそこから『これこれ、こういう話が来ているけど、どうなんだ』って使いが来てさ、そいでこっちはびっくり仰天して確めに来てみたんだよ」

「そりゃあ、手間だったねぇ」

弥兵衛が穏やかな調子で言った。

「そうさ。一杯やっていい気持ちでいたのに、すっかり酔いが醒めちまったよ」

「申し訳なかった。しかし、これはお福が悪い。それじゃあ本菊屋さんの顔が立たない」

「そうだろ。ありがたいねぇ。やっぱり弥兵衛さんは話が早いや」

善三の表情がやわらいだ。

「そもそも二十一屋の主人は徹次だ。お福がその徹次を差し置いて、あれこれ動いたのも悪い。それじゃあ、二十一屋には当主が二人いることになる」

弥兵衛が言うと、徹次も分かってもらえた、ありがたいという顔になった。

しかしこの話、どこかで聞いた気がする。

そうだ。占い師の山形弦斎の言葉だ。

――一歩、いや半歩ひいて、娘婿を助けること。

「じゃあ、曙のれん会の話は今まで通り進めていいんだね。あとは、よしなにね」

善三は帰って行った。


それと入れ違いのようにお福が戻ってきた。

「お福、ちょいと、いいかい？」

弥兵衛が座敷に呼んだ。二人で話をしているようすだ。

小萩は台所に戻り、徹次や幹太たちも仕事に戻っていく。

そのとき、突然、お福の大きな声が響いた。

「じゃあ、弥兵衛さんはこの見世がどうなってもいいって言うんですか？」

「だれもそんなことは言ってないだろう」

なだめるような弥兵衛の声がする。

お福は恐れているのだ。幹太を守るためなら、何も惜しくないと思っているに違いない。

けれど、それをどう伝えるつもりだ。

泉幽のことは、あの場所に行った者でなければ分からない。

小萩は台所で皿を拭きながらも座敷の声に耳をそばだてていた。

お福の声がだんだん大きくなる。やがて幹太という名前が聞こえた。

「お福、いい加減にしろ」

弥兵衛が怒鳴った。

「お前の言っていることは訳が分からん。どうして幹太が危ないんだ。だれがそんなでたらめを吹き込んだ」

「あたしは心配なんだよ。危ないんだよ。幹太がいなくなっちまうんじゃないかと思うと、いてもたってもいられないんだ。だって、勝代は何をするか分からない女なんだよ。吉原ってのは鬼の住処なんだ」

二人の言い争う声が家中に響き渡った。

小萩は皿をおいて、座敷の前の廊下に走って行った。そこにはすでに徹次に留助、伊佐、幹太が集まっていた。襖は閉められていて中の様子は分からない。留助は困った顔で、伊佐は眉根を寄せ、口をへの字にしている。幹太は「俺のことか？　俺のためにみんなが喧嘩しているのか？」と心配そうにつぶやいた。

お福はおそらく、何度も繰り返したであろう説明をしている。

「お前は勝代が怖いのか？　あの女が何をするっていうんだ」

弥兵衛が辛抱強くたずねている。

押し問答が繰り返された。

「だから、その泉幽は何者なんだ。どうして、その女の言葉をお前は信じるんだ。おかしいと思わないのか」

弥兵衛が怒鳴った。

その途端、お福の金切り声。どすんどすんと畳を踏み鳴らす音が響いた。

「大丈夫ですか。いいですね。開けますよ」

徹次が叫んで、襖を開けた。

小萩はあっと叫んで、しりもちをついた。

部屋の中央には髪を振り乱し、目を吊り上げ、泣き叫ぶお福がいた。口から泡をふき、手を振り回し、意味の分からないことを大声で叫び、畳を踏み鳴らす。

「どうしたんだ、しっかりしろ」

弥兵衛が叫び、お福を必死に抱きかかえている。

「おかみさん、落ち着いてください」

伊佐がお福の体をゆすった。

「ばあちゃん、ばあちゃん」

幹太がお福に抱きついたが、お福の腕にはね返され、畳に転がった。もう、幹太のことも分からなくなっているらしい。

――だれかが乗り移ったみたいに、泣いたり、怒ったりするの。

お文の言葉が思い出された。

泉幽だ。

今、お福の体に泉幽が乗り移って暴れている。

そうだ。きっとそうだ。

釜の中でたぎっているお湯が見えた。祭壇のとぐろを巻いた蛇や奇妙な文字の書かれたお札や水晶の数珠が頭に浮かんだ。巫女のような姿で、片方の目が白く濁った泉幽の姿が見えた。

お福は泉幽に操られてしまっている。

早く、泉幽を追い出さなくてはいけない。

小萩は夢中で自分の手首の数珠を投げ捨てた。

「旦那さん、おかみさんの手首の数珠をはずしてください」

小萩は叫んだ。

徹次と伊佐がお福の手首を押さえ、数珠をもぎ取った。

「神棚のお札も捨ててください」

幹太が神棚に走る。

「水をかけろ」

弥兵衛が怒鳴って、留助が台所に向かった。

小萩はお福の部屋に行き、押入れの中の壺を取り出した。

座敷に戻ると、叫んだ。

「おかみさん。壺を割りますよ。神棚のお札もみんな捨てますよ。もう、蛇の神様はいなくなりますから」

小萩は大きな声で叫ぶと、壺を力いっぱい庭に投げた。壺は庭石にあたって大きな音を立てて割れた。

留助がお福の頭から水をかけた。

ふっと一瞬、時が止まったような気がした。

静かになった。

お福はぺたんと座り込み、呆けたように宙を眺めている。

幹太がお福にすがりついて泣いている。

「ばあちゃん、ごめんな。俺が寝込んだからだよな。それで心配になったんだろ。大丈夫だよ。もう風邪をひかないから。さらわれたりしないよ」

「落ち着いたようだな。布団を敷いて寝かせてやれ」

弥兵衛が言う。

「弘庵先生を呼びましょうか？」

伊佐がたずねた。

「そうだな。伊佐、行ってくれるか？」

徹次が頼んだ。

弘庵は心の疲れだと言い、眠り薬をくれた。お福は二日間、こんこんと眠り続けた。

翌日、お福はまだ眠っている。小萩は弥兵衛と徹次に座敷に呼ばれた。

「それで、その占い師は橘稲荷の脇で声をかけてきたんだな」

「はい」

「怪しいとは思わなかったのか？」

「最初はちょっと怪しいと思いました。それに家に行ったら蛇の神様なんかがおいてあって、不気味ですごく嫌な気持ちがしたんです。でも、祈禱をしてもらって牡丹堂に戻ったら幹太さんの風邪が治っていて……」

「それでお福はその占い師のことをすっかり信じたのか」

弥兵衛と徹次は顔を見合わせてため息をついた。

「医者は七日ほどで治ると言ったんだ。幹太は若くて元気がいいから、少し早く治った。そうは思わなかったのか？」

徹次がたずねた。

「見世にいるとちょっと怪しいと思うんですけど、あの家に行って、出されたお湯を飲むとそういう気持ちが消えてしまうんです」

「そのお湯ってやつには、妙な薬が入っていたんじゃねぇのか？　お福もしょうがねぇなぁ」

弥兵衛は苦笑いした。

部屋を出て、井戸端に洗い物を持って行った。

もっと早く、旦那さんや親方に相談すれば、こんな大事にはならなかったのに。

小萩は自分が情けなくて、悔しい。

しばらくすると、留助が小豆を入れたざるを持って出てきた。

「まぁ、一件落着ってとこだな。小萩も大変だったな」

留助がいつものののんきな調子で言った。

「うん」

思わず涙が出てきた。

「なんだよ、泣くなよ。よかったって言ってんだよ」

「そうだけど」

また、新しい涙が出た。

「ほら、赤い櫛を挿しているんだからさ、笑った方がいいよ」

小萩は無理に笑った。

「うん、やっぱり、よく似合う。お滝が言った通りだ」

お滝……。

留助の女房だ。

どうして、お滝の名前が出るのだ？

小萩は留助の顔をながめた。

なぜか、留助は慌てた様子になった。

「いや、ほら、お滝から流行りの櫛があるって聞いてさ、それで伊佐に……」

すとんと何かが腹に落ちた。

つまり、この櫛は伊佐が一人で見立て、買ってくれたものではなく、留助と伊佐、おそらく幹太も加わって三人で買い、伊佐が渡してくれたのだ。

小萩は勝手に、伊佐からの贈り物だと思い込んだ。いや、そう思わせるようにしたのかもしれないが。そうだと考えると、留助や幹太がすぐにやって来て、褒めてくれたことも合点がいく。

「留助さんが選んでくれたの？」

「いやいや、俺じゃないよ。俺は野暮天だからさぁ」

伊佐だって、女の櫛のことなんかまるで分からないに違いない。

だとしたら、目端の利く幹太しかいないではないか。

小萩は笑い出した。

「ありがとう。三人で私のことを心配してくれたのね。うれしい」

「里の方じゃみんな小萩が帰って来るのを待っているよ。元気な姿を見せるのは一番の親孝行だ」

自分は何年も里に帰らなくて、おねえさんに怒られた留助が訳知り顔に言った。

「じゃあ、この櫛を挿して里に帰る。それで、おとうちゃんやおかあちゃんやみんなに私は元気で、ちゃんと仕事をしていますって言う」

小萩は明るい顔で立ち上がった。そうしたらなんだか元気が出た。この櫛はいっしょに仕事をしている職人さんたちから頑張った印にもらったと言おう。晴れ晴れとした気持ちになった。

仕事場に行くと徹次に言った。

「大晦日まで働いて、元日に里に帰りたいのですが、いいですか？」

「ああ、いいぞ。親御さんも待っているだろう。こっちもそのつもりでいたよ」

「ありがとうございます」

伊佐が手を止めて、小萩を見ている。

「ご心配をおかけしました。そういうことなので、よろしくお願いします」

ぺこりと頭を下げると、二人は笑顔になった。

翌日、昼前に目を覚ましたお福は最初、少ししょげていた。

幹太はお福の好きな葛湯《くずゆ》をつくって部屋に行った。小萩が部屋の前を通ると、中から幹太の声が聞こえてきた。

「ばあちゃん、俺のことで心配をかけて申し訳なかった。ばあちゃんの看病は本当にうれしかった。俺の風邪が早く治ったのも、ばあちゃんの看病があったからだよ」

「そうかい、そうだといいんだけどねぇ」

少し力のないお福の声が響いてきた。

それから二人でしばらく話をしていたようだ。

夕方、小萩がお茶を持っていくと、お福は恥ずかしそうに笑った。

「幹太にさ、言われちまったよ。ばあちゃんの目には頼りない子供に見えるかもしれないけど、正月が来れば自分は十六だ。だから心配はいらない、今度は自分があたしを守る番だって。何かあったら自分がばあちゃんを助けるから、頼りにしてくれってさ」

「そうですか。幹太さん、そんなことを言ったんですか。頼もしいじゃないですか」

「知らないうちに大人になっちまったんだねぇ」

お福は頬の肉が落ち、顔がやつれてずいぶん小さくなっていた。

この何日か、お福はずいぶん苦しい思いをしていたに違いない。

「おかみさん、私もいっしょにいたのに、何の助けにもなれなくて申し訳ありませんでした」

小萩は頭を下げた。

「いいんだよ。いいんだよ」

そう答えたお福は小さくため息をついた。

「弥兵衛さんに言わせると、あたしは思い込みが激しいんだってさ。なんでも自分で勝手に決めて突っ走る。よく叱られていたんだよ。考えてみたら、今度のこともまったくその通りさ。徹次さんだっていろいろ考えていたんだ。舵取りはあの人に任せて、あたしは半歩、いや、一歩ひいて、徹次さんを助けなくちゃいけない。そのことが分かっていなかったねぇ」

あれっ、この言葉どこかで聞いた気がする。

そうだ、あの人形町の占い師山形弦斎が言ったことだ。

お福はまるで信じようとしなかったが、あの占い師は当たるのかもしれない。

いやいや、もう占いはたくさんだ。

小萩はお福を手伝って布団に座らせた。障子を開けると、坪庭の南天が赤い実をつけていた。

夕方、お福は改まった顔で仕事場に行くと、徹次に向かって言った。

「二十一屋の主人は徹次さんだ。舵取りは任せたよ。これからもよろしくお願いします」

「こちらこそ。頼りにしています」

徹次が答えた。

留助は笑顔になり、伊佐と幹太はほっとしたようにうなずき、その場にいた弥兵衛もにこにこ笑っている。

小萩は温かい気持ちでいっぱいになった。

たとえ小さな波風が立ったとしても、またすぐ以前と同じ、穏やかな間柄になれるのは、互いに思いやり、信頼しているからに違いない。当たり前のことのようだけれど、そんな風にしている見世はめったにない。

牡丹堂に来てよかったと思った。

初春

小萩の思い、銀の朝《あした》

一

年が明けて小萩は十八になった。

家にいた二日間はあっという間に過ぎてしまった。

去年の三月に嫁にいった姉のお鶴は大きなお腹をしていた。来月にはお母さんになるという。夫の朝吉《あさきち》はもちろん、婚家の両親は大喜びである。小萩のおとうちゃん、おかあちゃん、おじいちゃん、おばあちゃん、弟の時太郎も生まれてくるのを待っている。

もともと大人っぽかったお鶴だが、嫁いでからなおいっそう落ち着いた。そのことが小萩には少しうらやましい。

幼なじみのお駒とお里にも変化があった。

お駒は去年の夏に漁師の勘吉《かんきち》と祝言をあげて、初夏にはお母さんになる。お駒のお腹はまだ目立たないが、勝気そうな黒い瞳が子供のことを話す時には穏やかな光を帯びる。

お里も去年の秋、農家の息子の大作《だいさく》と一緒になった。色白だったお里は毎日畑に出たおかげですっかり陽に焼けた。よく食べるせいか、肉がついて一回り丸くなっている。

小萩が帰って来たと聞いて、お駒とお里が連れ立ってやって来た。

「元気だったぁ？」

「どうしてたの？」

二人とも、自分たちのことをしゃべりたくて仕方がないのだ。奥の小部屋で火鉢を囲み、焼き餅を食べながら祝言の日のこと、新しい暮らしのこと、あれこれと話す。小萩はもっぱら聞き役だ。

なんだか小萩は出遅れたような気がする。正直、少し焦る。

ふと、気づいたようにお里がたずねた。

「小萩ちゃんは好きな人、いないの？」

「そうだ。小萩ちゃんの話を聞かなくっちゃ。お時《とき》おばちゃんから聞いたよ。お見世にすてきな人がいるんでしょ」

お駒が身を乗り出した。

「え、別に」

伊佐の顔が浮かんで、小萩の頰が赤くなった。

「やっぱりいるんだ」

お駒とお里は口をそろえた。

「ねぇ、どんな人？」「年はいくつ？」「二人でどんな話をするの？」

矢継ぎ早にたずねてくる。

「え、だから、いっしょに働いている職人さんで、仕事を教えてもらったり、仕事のことを相談したり」

「ほかには？　もっと、いろんなことを話すでしょう」

「そうよ。だって、小萩ちゃんはその人のことが好きなんでしょう？　なんか、約束した？」

「それだけ？」

「お菓子の話はするけど……」

お駒とお里は顔を見合わせる。そんなはずはないという目をしていた。

「だからぁ、ほんとにそうなの。あ、でもね」

小萩はつい先日、櫛をもらって喜んだけれど、それは幹太や留助の発案であったことをしゃべってしまった。

「それじゃあ、小萩ちゃんのことをどう思っているか分からないの？」

お里は少しがっかりしたようだった。お駒は勝気そうな目をきらきらと光らせた。

「だったら、ちゃんと言わせるように仕向けなくちゃだめよ。私だって盆踊りの日、勘吉さんと二人きりになれるようにいろいろ考えたのよ。お里ちゃんにも相談してさ」

「そうそう。三人で海を見に行こうっていって、私が途中でいなくなるのよね」

お里が答える。

「あのときは、ありがとね」

二人は目を見かわして、むふふと笑った。

ちょっと待て。それは話が違う。

お駒は勘吉のことは別に何とも思っていなかったが、盆踊りの日に好きだと言われて、仲良くなったのではなかったのか。

「そうよ。好きだと言ったのは勘吉さんよ。でも、照れ屋だから、そういうことはなかなか口に出して言えないのよ」

お里が言う。お駒もうなずく。

「だから、女の方でお膳立てしないとさ。小萩ちゃんもただ黙って待っていても話は進まないよ」

「だから、ねぇ」

幸せは手をのばして自分でつかみとるものだ。そうやって自分たちはなりたい自分になったのだ。二人は口をそろえて言った。

「その人の両親はどこにいるの？　会ったことあるの？」

お駒がたずねた。

「お父さんは行方が分からないって聞いた。お母さんは遠くにいる」

「そうかぁ。じゃあ、力になってもらえないね」

お里はがっかりしたような声を出した。

「でもさ、親代わりのような人はいるんでしょ。その人に相談すれば？」

お駒はあくまで前向きだ。

「うん。だからね、まだ私も覚えることがたくさんあるから……。それに、その人とは全然、そんな風なつきあいじゃないから。ただいっしょに働いている人で……」

小萩は言葉を濁した。

お里は分かった、分かったというようにうなずき、お駒は諭すような顔で言った。

「日本橋はここととは違って、いろんな人がいて、いろんな生き方があるかもしれないけど……。でも、変わらないこともあると思うよ。女の人の一番大事な仕事は子供を産んで、育てることだと思うんだ。子供ができてそのことがよく分かった。今は小萩ちゃんも菓子をつくりたいなんて言っているけど、好きな人といっしょになって子供を産むのが一番なんだよ」

きっぱりと言い切ったお駒の表情は自信に満ちていて、一片の迷いもないように感じられた。

「そんな風に考える人ばかりじゃないと思うけどな」

小萩は控えめな調子で言ってみた。

「私はお菓子が好きだし、お客さんに喜んでもらいたい。この前、自分で考えてつくったお菓子を茶話会《さわかい》で使ってもらったの。おじいさんだったんだけど、とっても喜んでくれて元気が出たと言われた。そのときのうれしい気持ちは、やった人でなければ分からないと思う」

その言葉にお駒はむっとした顔になり、お里は困ったように目をしばたたかせた。

「今はお菓子のつくり方を覚えるのが一番大事」

だめ押しをするように続けたら、気まずい感じになった。

それからしばらくあたりさわりのない話をして、二人は立ち上がった。

「小萩ちゃんはもう日本橋の人になったんだねぇ」

去り際、お駒ががっかりしたような、あきらめたような調子で言った。

「こっちに帰って来たら、また会おうね」

お里がとりなすように続ける。

「うん、そうだね」

小萩は答える。

本当のことを言えば、お駒やお里の幸せそうな顔が少しうらやましかった。置いてけぼりをくったような気持ちもしていた。だからつい、あんな風に言ってしまったのだ。

お駒もお里も広い道を歩いている。そこはたくさんの女たちが歩いた道だ。踏みならされて、行先も分かっている。

けれど、小萩は違う。菓子を習いたいと遠い日本橋に働きに行った。そんなことをした娘は、今までこの村にいなかった。小萩はまだ誰も歩いたことのない道を歩いているのだ。その道がどこに続いているのか、おそらく長いであろう道のりを歩き続けることができるのか、小萩にも分からない。

道半ばなのだ。

お駒やお里に会ってうれしかったのに、今は少し淋しい。

小萩はお駒やお里とのやり取りをだれにも話さなかった。けれど、母のお時は何かを感じたのかもしれない。

明日は日本橋に帰るという晩、台所で洗い物をしていた時、ふと思い出したように言った。

「女の人はね、欲が深いんだってさ。自分は十分恵まれていると思っていても、他人の幸せが気になっちゃうんだよね」

「そうか……」

「これでいいのかと思うんだよ」

「おかあちゃんでも、そんなことがあったの？」

「あたりまえだよ」

お時は子供のころから三味線が大好きで、深川《ふかがわ》芸者の内弟子になった。腕を上げて、まわりからも期待されていたのに師匠のもとを去ることになり、幸吉《こうきち》と一緒になるためにその三味線までもやめてしまった。

考えてみれば、お時の人生は波乱万丈だ。人生の荒波のただ中で、若いお時が悩まなかったわけがない。

「でも、大丈夫だよ。あんたたちがもっと大人になったら、お駒ちゃんやお里ちゃんともまた仲良くなれるから」

おかあちゃんは正月用の塗りのお椀を布巾で拭きながら「ふふ」と小さく笑った。

「小萩はうらやましがられているんだよ。好きなことを見つけて、それに向かって進んでいるんだから。だれもが、大好きなものに巡り合えるってわけじゃないんだよ。もっと胸を張らなくちゃ」

その通りだ。おかあちゃんは、いつもいいことを言ってくれる。

「一生のうちには、ここだっていう踏ん張りどころがあるんだよ。小萩は今がそうだよ。頑張んな」

小萩は何度もうなずいた。

小萩は日本橋に戻ってきた。

いつものようにみんなといっしょに大福をつくり、見世に立ち、菓子づくりを教えてもらう。

伊佐とはふつうに話をする。

やっぱり、伊佐にとって小萩は見世でいっしょに働く人。それだけなのかな、とふと思う。けれど、それは悲観するほどのことではなく、小萩は牡丹堂が好きで、牡丹堂の人たちのことも仕事も好きで、それで十分なのではないかという気持ちになる。

その日は、山野辺藩に菓子を届けに行く日でもあった。もう何回目になっただろうか。

勝手口で訪うと、いつもの若い女中ではなく、もう少し年かさの女中が出て来た。

「いつもありがとうございます。けれど、こうしたことは今後無用にしてくださいませ」

ていねいに頭を下げた。

「でも、これはこちらが勝手にしていることですから、どうぞ気になさらずに、みなさんで楽しんでくださいませ」

小萩はそう言って、木箱を差し出す。

「いえ、これは上の者からの指示でございます。私が叱られますので申し訳ありません」

さらに深く頭を下げられた。

「今回が最後ですから」と粘ってみたが受け取ってもらえなかった。

しかたなく、幹太と二人で戻って来た。

「上の人って誰のことだろうなぁ？　二人の侍かな？　それとももっと上の人か？　殿様だったりして」

幹太が首を傾げる。

いずれにしろ小萩たちにはうかがい知れぬことである。

もともと厳しかった山野辺藩の対応だが、伊勢松坂が勝代のものとなってから、さらに冷たくなったと思うのは、勘ぐりが過ぎるだろうか。

「べつに全部の注文をくれって言っている訳じゃないのにね。伊勢松坂さんとも仲良くやっていければいいんだから」

小萩は未練がましく言ってみる。

通い函までつくってこのまま話が立ち消えになるのは、いかにももったいない。そういえば、占い師の山形弦斎は今年は盛運で何事もうまくいくと言っていた。あれは見立て違いだったのだろうか。

「あれっ、若様だ」

突然、幹太が声をあげた。道の向こうに若様がいた。遠目にも整った顔立ちが人目をひく。だれかと立ち話をしていた。

そういえば、若様も最近は牡丹堂に姿を見せなくなった。

若様が向きを変えたので相手の男の顔が見えた。

高い頬骨、かぎ鼻に吊り上がった細い目。伊勢松坂の新しい大番頭の助右ヱ門である。

二人は親し気に何か話をしている。

それは見世の大番頭となじみ客というよりも、もっと近い間柄に思えた。

「若様は伊勢松坂がご贔屓なのかなぁ」

幹太が顔をしかめた。

若様はもう牡丹堂には来ないのだろうか。

苦い味が小萩の口の中に広がった。


仕事場に行くと、弥兵衛にお福、徹次や留助、伊佐が怖い顔をして何か話をしていた。

「おお、いいところに帰ってきたな。見ろよ、この菓子。うちのとそっくりだろ」

留助が言った。

大福が二つ並んでいる。大きさも形もよく似ている。

伊佐が手前の大福を半分にちぎって幹太と小萩に手渡した。二人はそれを口に運ぶ。粒あんの仕上がり、皮の歯ごたえも牡丹堂にそっくりだ。

「これ、うちの大福だろ？　違うのか？」

幹太がたずねた。徹次が渋い顔をして首を横にふった。

「伊勢松坂が新しく売り出したんだ。大福だけじゃない。饅頭も羊羹も、そっくりうちのものを真似している。しかも値段はうちより安いんだよ」

お福が悔しそうな顔をして言った。

「どうしてそんなことをするんですか？」

小萩は思わず大きな声をあげた。

「分からないよ。伊勢松坂はもう勝代のものなんだから、勝代に聞いてみるんだね」

ぷいと横を向いた。

「伊勢松坂には由助という腕のいい職人がいるからなぁ。その気になれば、かなりのものがつくれるなぁ」

弥兵衛がため息をついた。

「そんなこと言うなよ。由助さんはちゃんとした職人だよ。人の見世の真似なんかしたくないはずだ」

幹太は由助の肩を持った。

たとえ同じものがつくれたとしても、そこに自分の工夫を加える。それが、職人の心意気というものだ。

「それは、俺も分かっている。勝代か、新しく来た大番頭がやれと言ったんだろうな」

徹次が渋い顔をした。

「それだけじゃねぇ。伊勢松坂じゃ天下無双の白吹雪《しろふぶき》饅頭を売っているんだぜ。鷹一さんは江戸を出るとき、つくり方を渡したって言ってたもんな」

留助が頬をふくらませた。

鷹一は勝代と組んで天下無双という見世を出した。そこで売り出したのが、白吹雪饅頭という中のあんが透けて見えるほど皮の薄い饅頭である。たちまち大人気になった。

「それじゃあ、ほかのお菓子も出てくるってことですか？」

小萩は驚いてたずねた。

鷹一は各地を回ってめずらしい菓子を学び、自分でも工夫していた。小萩は幹太から鷹一がつくったという一口香《いっこうこう》という菓子をもらったことがある。外側はぱりぱりした香ばしい皮でかじると中はからっぽで驚いた。

江戸の人がまだ知らない菓子を次々売り出されたら、評判になることは間違いない。

「そういうもんを次々、安い値段で出されたら、ますますお客をとられちまう。こっちはお手上げだよ」

弥兵衛は厳しい顔をした。


夕方近くなって、お福は小萩をそっと呼んだ。

「ちょっと行ってみたいところがあるんだ。いっしょに来てもらえるかい？」

お客の相手を留助に頼んで二人で店を出た。

お福は人形町の方へ向かって早足で歩いて行く。橘稲荷に来ると曲がりくねった路地を入っていく。

その先は泉幽という女占い師の家である。

「まさか、また、あの占い師のところに行くつもりじゃないでしょうね」

小萩はつい咎めるような口調になった。

「いいから黙って」

道の奥は泉幽の家だ。古びた小さな一軒家が見えて来た。雨戸が閉まって人の気配はない。木戸の向こうの枯れ庭は相変わらず荒れている。松の葉は枯れて赤茶色で、葉を落とした低木の枝はからみあっていた。

玄関に「貸家」の張り紙があった。

一体、どういうことだろう。

小萩は首を傾げたが、お福は驚いた様子を見せなかった。すぐに隣の家に行き、戸をたたいた。しばらくすると中で音がして、おかみさん風の女が顔を出した。

「ちょいとお伺いいたしますが、この家にいらした方はどちらに行かれましたか？」

お福はたずねた。

「この家は長いこと、空き家だったよ。ずっといらした方なんて、いないよ」

女は面倒くさそうに答えた。

「でも、出入りしていた方はいらっしゃいましたよね」

お福は食い下がる。

「ああ、そういえば時々、何人か出入りしていたねぇ」

「黒っぽい頭巾をかぶった、若い女を見かけませんでしたか？　片方の目が不自由な」

「そんな女がいたかねぇ。ご覧の通り、木が多いだろ。人の出入りなんか分からないよ。なにしろ春は毛虫がすごいんだ。秋は落ち葉。うちの庭にも枯れ葉がいっぱい落ちるからなんとかしてくれって家主に頼んだんだけど、なんにもしてくれないんだ。とにかく迷惑な家だよ」

女が引っ込みそうになるのを、お福はさらに引き留めた。

「じゃあ、これだけ教えてくださいませ。家主さんはどちらにいらっしゃるんですか？」

お福の声はいつも通りやさしいが、うちに怒りを秘めているのが分かる。

「その角を曲がった二軒目だよ」

女は面倒くさそうに答えた。

お福と小萩は女に教えてもらった家主のところに向かった。

家主の家も路地の奥にある古い家だった。

お福が戸をたたくと、白いひげの腰の曲がった老人が出て来た。

「申し訳ありません。貸家の張り紙を見て来たんですけど、あの路地の家を見せてもらえませんか？」

「あんたたちは張り紙を見て来たのか？」

「そうなんですよ。庭が広くて風流な造りだと思いましてね」

借りるつもりなどあるはずもない。

小萩はお福の考えていることがおぼろげに分かってきた。

お福は泉幽のことをたずねたいのだ。泉幽が何者か、本当に占い師なのか、あるいは占い師を装っていただけなのか。占い師を装っていたとしたら、後ろにはだれがいたのか。

「あの家はわしの父親が隠居所として建てたんだけどね。結局、あんまり住まなかったんだ。古くなっちまったけど、建具から何から金はかかっているんだよ」

老人は歯の抜けた口をあけて何がおかしいのか、あははと笑った。

「あらぁ困った。じゃあ、しばらくどなたも住んでいないんだ。家は住まないと傷むからねぇ」

お福は残念という顔をした。

「いやいや、そんなことはないよ。つい最近、ひと月ほどだけど占い師が借りてたんだ。時々、お客らしい人も来てたそうだよ」

老人はあわてて言った。

「なんていう占い師ですか？」

「えっと、あのほら、ほら、その……。悪いな忘れちまったよ」

「狐憑《きつねつ》きとか、そういう人じゃないでしょうねぇ。夜中に、天井からお狐様がおりてきたりしたら困るよ」

また、お福は困った顔をしてみせる。こういうときのお福は本当に巧みだ。次々と言葉が出る。

「違う違う。ちょっと待ってくれ。書いてもらったものがあるんだから」

老人は奥に入ってなにかごそごそと探していたらしい。しばらくして半紙を持って来た。

「ここにあるだろう。占い師の泉幽。保証人は大島楼ってあるだろう。元は吉原の女だったんだってさ。年季があけて占い師になった。若くてきれいな娘だったよ」

大島楼——勝代の見世だ。小萩は唇をかんだ。

「片方の目が悪かったでしょう」

お福は何食わぬ顔でたずねる。

「いやいや。両目ともぱっちり」

さすがにお福は苦い顔になった。見世物をする人は魚のうろこを使って目の色を変えるという話を聞いたことがある。白く濁った片目もそうしてつくったのだろうか。

「ありがとうございます。また、少し考えてうかがいます」

お福は礼を言うと老人に背をむけた。引き留めようとする老人を振り切って歩き出した。

小萩はそっとお福の顔を見た。

悔しそうな、情けなさそうな顔をしている。お福の中でめらめらと燃えていた怒りの炎はしゅーんと消えて、今は後悔に変わっているらしい。

「あのとき、泉幽に会ったのは偶然じゃなかったんですね」

小萩は小さな声で言った。

「そうだったねぇ。まんまとやられちまったよ」

泉幽の裏には勝代がいた。泉幽はお福がやって来るのを網を張って待っていたのだ。

「ああ、情けない。あたしとしたことが大失敗だ」

大枚を巻き上げられ、見世の中も大騒ぎになった。

「山野辺藩から手を引かせるためだったんでしょうか」

それにしては手の込んだことをするものだ。

「なんだろうねぇ。鷹一のことで負けたから、その意趣返しかねぇ。そうだとしたら、ずいぶん執念深い女だよ」

泉幽は山野辺藩へのお出入りは諦めよと言った。

伊勢松坂で独占しようということなのか。

これ以上、関わるともっと大変なことになるよという脅しだったのか。

「なんだか、訳が分からない。ああ、気持ち悪いったらないね」

お福が握りこぶしで自分の腕をたたく。

牡丹堂も伊勢松坂のように勝代に乗っ取られてしまうのではないだろうか。

小萩の胸に、ふと不安が浮かんだ。

それは消そうと思っても消せず、小萩は胸が痛くなった。

二

二日ほど後のことだ。小萩がいつものように台所で夕餉の支度をしていると、お福が顔をのぞかせた。

「あんた、春霞《はるがすみ》さんを覚えているだろ。茶人の白笛《はくてき》さんの奥様の」

正確に言えば、春霞は白笛の妻ではない。春霞は元吉原の傾城《けいせい》で、今は茶人の白笛としても名を知られている札差《ふださし》の愛妾である。

「はい、何度かお目にかかりました」

「今、お使いが来てね。春霞さんが小萩に頼みたいことがあるそうだ」

「私にですか？」

小萩は問い返した。

「どういう話なんだろうねぇ。明日、根岸《ねぎし》の別邸に来いというから、私もいっしょについて行くよ」

お福は言った。

札差というのは、武士が俸給としてもらった米を金に換える仕事をする者だ。財産や将来もらえる米を担保に金を貸すこともある。なかでも白笛は有名な札差で、大名、旗本相手に金を貸している。その白笛が惚れこみ、金を積み上げて吉原からひいたのが春霞である。

霜崖《そうがい》の屋敷で春霞に会ったのが最初だ。

小さな顔に形のいい鼻とぽってりと厚みのある唇で、狐のように目尻の上がった細い目をしていた。肌は日にあたったことがないのではと思うほど白く、透き通っていた。ひわ色の綸子の着物に濃い紫の地に刺繍の入った贅沢な打掛で、髪型も襟の抜き方も帯の締め方もなまめかしい。

美しいのはもちろんだが、頭がきれる。古今東西の歌に通じ、筆をとったら見事な文字を書き、踊りはもちろん、琴に三味線、鼓《つづみ》も上手だという。

そのような女が小萩に何を頼みたいのだろう。

小萩は首を傾げた。


翌日、お福と小萩は白笛の別邸に向かった。

根岸の里は上野の山の隣、静かな隠れ里として知られている。白笛の別邸は木立の中にあった。うっかりすると通り過ぎてしまいそうな質素な門を過ぎ、勝手口にまわると、座敷に通された。古い建物で柱はあめ色で、廊下は歩くと時々ぎしぎしと音を立てる。だが、よく見れば襖の引手一つにも凝った彫刻がほどこされていて贅沢なものだということが分かった。

しばらく待っていると春霞がやって来た。

「遠いところ、申し訳なかったね」

春霞は低い声で言った。

黒々としてつやのある髪を大きく結っている。その髪型は吉原の遊女から広まったもので、日本橋界隈の娘や若妻はみな、この頭をしている。だが派手な髪型だから、本当に似合う人はめったにいない。それを春霞はみごとに自分のものにしていた。最初から春霞のために考えられた髪型のように見えた。

「そう硬くならなくてもいいよ。ちょいとした頼み事だ。袋物の寿屋《ことぶきや》さんの茶話会のお菓子を用意したのは、お前さんだったね」

春霞はたずねた。

「はい。ご隠居の元気がないので元気が出るようなお菓子を考えてくれと言われました」

「なるほどね。今度は、うちで茶会をすることになってね。白笛がつきあいのある若いお武家を呼ぶんだ。人数は五人ほど。せっかくだから、なにか面白い趣向を考えたいと思っているんだ。堅苦しい茶会じゃないから、難しく思わなくてもいいよ。考えてくれるかい？」

面白い趣向といわれても、何をどうしたらいいのだろう。

小萩は内心困ったと思った。

けれど春霞が声をかけてくれたのだ。ここで引き下がったらせっかくの機会を逃してしまうことになる。

「分かりました。できる限りのことをさせていただきたいと思います。もう少し、詳しいことを教えていただけませんか？」

小萩はたずねた。

「茶会は十日後だ。白笛に言わせると、十年後、二十年後に藩を背負っていくような若者だそうだ。たしかに目から鼻へ抜けるようなおりこうさんばかりだよ。ああ、ひとり変わり者もいたか。物知りで話も面白い。あたしも楽しみにしているんだ。いい考えが浮かんだら見本を持って来ておくれ。簡単に紙に絵を描いたものでもいいよ」

春霞はゆったりとした調子で言った。

お福が横で話を聞きながら心配そうにしているのが分かる。

耳の奥で今が頑張りどころだよと言っているおかあちゃんの声が聞こえたような気がした。

「ありがとうございます。少し考えるお時間をくださいませ。精一杯頑張らせていただきます」

小萩は答えた。

見世に戻ると、小萩はさっそく自分の菓子帖を開いた。折々に思いついた菓子を描いているもので、亡くなった幹太の母親のお葉が描いていた菓子帖を真似たものだ。

しかし、まだ菓子の数も少ないし、これといったものがない。

それで、お葉の菓子帖を開いてみた。細筆でていねいに描き、彩色した菓子の脇には短い言葉が添えられている。「梅の花咲く」「幹太、はじめて立つ」……。お葉の菓子帖は日々の出来事を書きとめた日記でもあるのだ。お葉という人は暮らしの中の小さな喜びを見つけることが上手な人だったらしい。菓子帖を眺めていると楽しい、幸せな気持ちになる。

あれこれ思いをめぐらしていたら、川上屋のおかみの冨江がやって来た。今日はなす紺の着物を着ている。無地のようだが、よく見ると肩や裾に小さな白梅を散らした柄が入っている。白地に紺の縞のはいった帯との色合わせも整っている。

いつもながら粋な装いだ。

「こんにちは。おかみさん、いらっしゃる？」

冨江がたずねた。

「ああ、冨江さん、よかった。今、戻って来たところなんだよ」

お福が奥から顔を出し、いつものように「おかみさんの大奥」と呼ばれている奥の三畳に誘う。冨江もいそいそとあがった。

しばらくして小萩がお茶を持って行くと、冨江は振り返った。

「なあに、小萩ちゃん。春霞さんのところから注文をいただいたんですって？」

「そうなんです。さっき、おかみさんといっしょにお話をうかがってきました」

小萩は冨江の前にお茶と羊羹をおきながら答えた。

「大変よお、あの人は。とっても難しいの」

冨江は眉根を寄せた。横でお福もうなずいている。

「そうなんですか？」

小萩は聞き返した。

「うちもご注文をいただいているんだけれど、春霞さんづきの番頭は三人目よ。あそこの家の女中さんもしょっちゅう変わるらしいわ」

難しい人だという感じはしなかったけれど……。

「茶人の白笛さんがおそばにおきたいって人だから、それはもう物知りで頭がいいの。茶器でもなんでも最高のものを見ているから目が肥えている。知った風な口をきくのを嫌うし、いい加減なことをするとたちまち見抜かれる。所詮は吉原の女だったたんじゃないかみたいな侮りが毛ほどでも見えたら、もう、それでおしまい。二度と出入りするなって言われるわ」

そんなに大変な人だったのか。もしかしたら、とても難しい注文を受けてしまったのかもしれない。小萩は少し不安になった。

「うちの番頭が言っていたんだけどね、そもそも白笛さんが春霞さんを見初《みそ》めたのはその頭の良さなんですって。清少納言《せいしょうなごん》の香炉峰《こうろほう》の雪の逸話は知っている？」

小萩は首を横にふった。

それにしても川上屋にはよほど吉原通の番頭がいるらしい。またもや番頭の話の受け売りである。

「清少納言というのは宮中の女官だったのね。それで、中宮《ちゅうぐう》の藤原定子《ふじわらのていし》という位の高い女の人に仕えていたの」

ある日、定子を囲んで女官たちが集まって話をしていたとき、定子は清少納言に「香炉峰の雪はどうなっているのか」とたずねた。中国の詩人白居易《はくきょい》の詩に「香炉峰の雪は簾《すだれ》をかかげて見る」というものがあるので、それにかけた問だ。

「清少納言は物知りだと言われていたから、定子様は清少納言を試してみたのよ。清少納言はすぐに何を言われているのか分かったから、そばにいたものに御簾《みす》をあげさせた。いっしょにいた女官たちは驚いて、さすが清少納言と褒めたのよ」

物知りなだけではなく、機転のきく、頭のいい人だったのだろう。

「そうなのよ。学者だったら物知りなだけでもいいけれど、女官はお仕えするのが仕事でしょ。相手が何を欲しているのか察する力が大事なの。吉原の女もそう。花魁にまで登るような人は人の心が読めるのよ」

富江は自信たっぷりに花魁について語る。

「あるとき白笛さんが戯れに『香炉峰の雪はどうかな?』とつぶやいたんですって。春霞さんは枕草子を読んでいたから、白笛さんの言葉の意味がすぐに分かって、そばにいた禿《かむろ》に御簾をあげさせた。その機転に白笛さんは驚いた」

白笛は茶人としても知られている人だから、たくさんの書物を読んでいる。

「春霞さんが和歌や王朝物語、漢詩にも詳しいと知って、さらに驚いた。打てば響くように答えが返ってきて、その内容が機知にとんでいる。話がはずんで、朝まで話がつきなかったんですって。白笛さんはそれまでもいくつかの浮名を流していたけれど、深いつきあいの人はいなかったの。でも、春霞に出会って初めて身請けを考えるようになったのよ」

冨江は自分が見て来たかのようにとくとくとしゃべった。

「え? じゃあ、私も漢詩を学ばないといけないんですか? お菓子を考えて欲しいと言われたんですけれど、どうしましょう」

小萩はお福にすがるような目を向けた。

「大丈夫よぉ。春霞さんだってあなたにそんなことは求めていないはずだから。若い小萩ちゃんしか思いつかないようなお菓子を考えればいいんじゃないかしら」

冨江はあっさりと言った。その言葉に小萩は安心し、少し傷ついた。

小萩は仕事場の隅に行くと、菓子帖を開いた。描いたときはそれなりにできたと感じていたはずだが、冨江の話を聞いたあとでは、どれもひどく子供っぽく幼稚なものに思えてきた。小萩は何度か見たことのある白笛こと白村吉兵衛《しろむらきちべえ》の姿を思い浮かべた。

髪が白く、やせていて、まっすぐな鼻と穏やかな目をしていた。天下に聞こえた札差で江戸でも指折りの名茶人でもある。古今東西の歴史に詳しく、茶道具は名品ばかりという。

そういう人を夢中にさせるのだから、やはり特別な人なのだ。

冨江によれば、二人は朝まで話が尽きなかったそうだ。

書物の受け売りやどこかで聞いたような話ばかりなら、白笛はすぐに飽きてしまうだろう。春霞ならではの物の見方や発見があったから、白笛は面白いと思ったのだ。

清少納言の『枕草子』は小萩も読んだことがある。最初の方だけであるが。弥兵衛や徹次が菓子づくりの参考にしたもので、幹太が譲り受けていた。

――春はあけぼの。やうやう白くなりゆく、山際少し明かりて、紫だちたる雲の細くたなびきたる。

「春の朝の様子が頭に浮かぶだろ。それを菓子にすればいいんだってさ」と幹太は得意そうに鼻をひくひく動かしながら小萩にも貸してくれた。

その時、香炉峰の逸話も読んだはずだが、冨江に言われるまできれいに忘れていた。

一体、何をどう考えれば、春霞が求める「小萩にしかつくれない菓子」ができるのだろう。

小萩は菓子帖をながめながら、大きなため息をついた。

考えれば考えるほど分からなくなった小萩はお福や徹次とも相談して、「松の雪」というきんとんと「冬の夜」という羊羹を持って行くことにした。

松の雪はいが栗を思わせる姿の菓子で、上に雪を思わせる白いそぼろをのせている。中は粒あん。濃い緑と白の色合いが美しく、めでたい意匠なので新春の茶会によく用いられる。冬の夜は黒糖風味の漆黒の羊羹だ。お客は若い男だというから、こくのある、しっかりした味がいいと考えたのだ。

だが、春霞は一目見ただけでそっぽを向いた。

「悪くはないよ。でも、お前さんでなくても考えられそうな菓子だねぇ。こういうものでよかったら、ほかにいくらでも頼む菓子屋がある。あたしは、お前さんに頼んだんだよ。お前さんにしかできない菓子を考えておくれ」

「はぁ」

小萩は困った顔でうつむいた。松の雪がいいと言ったのは徹次で、冬の夜はお福が考えた。どちらも小萩の選んだ菓子ではない。

自分にしかできない菓子とはなんだろう。

そもそも小萩らしいとは、どういうことだろう。お菓子が好きという、たったそれだけで田舎から出てきた娘に、古今の書物に通じているような人を喜ばせる菓子ができるのだろうか。

かりに、そういう菓子を思いついたとしよう。それを今の小萩の技でつくりあげることができるのか？

春霞は大変な難問をぶつけてきている。

冨江が大変と言ったのはこのことだったのか。

小萩は広い野原に一人、取り残されたような心細さを感じた。

「まぁ、まだ時間はあるんだ。ゆっくり考えておくれ。それより、せっかく来たんだ。お茶でもいれてくれるかい？」

春霞が言った。

火鉢の上の湯沸かしは白い湯気をあげている。小萩は火鉢のそばに寄り、お茶の用意をはじめた。茶筒には巻きの固い、先が細くとがった緑の茶葉が入っていた。おそらく上等の玉露だろう。

まず、熱い湯を急須に注いだ。さらにその湯を小さな湯呑に移す。急須を温め、湯呑を温め、熱湯はいつしか玉露にふさわしい温度まで下がっていた。湯を急須に戻し、ゆっくりと茶葉が開く時間を待った。

お茶を入れることに集中していると、不安でいっぱいになった小萩の心も静かになった。湯呑に注がれた淡い緑のお茶はすがすがしい香りをたてた。

「どうぞ」

小萩はお茶をすすめた。

春霞は何事もなかったように、湯呑に手をのばした。ひと口含むと、目を閉じた。ゆっくりと味わっているらしい。

「お前はお茶をいれるのが上手だね」

やさしい声だった。

「ありがとうございます」

小萩は素直な気持ちで礼を言った。

「菓子の職人になりたいって言っていたね。今でも職人になるつもりかい?」

春霞がたずねた。

「はい。なりたいです。牡丹堂で見世に立ってお客さんの相手をする一方で、つくる方の仕事も教えてもらっています」

「そうかい。それはよかった」

湯呑を手の中で弄びながら春霞はうなずいた。

「お菓子はいいよ。食べれば消えてなくなるから。後に残るのはおいしい、楽しい、きれいな思い出だ」

「私も、そういうお菓子をつくりたいと思っています」

「それでいい。背伸びしなくていいんだよ。また、何か考えたら持っておいで」

春霞の目が笑っている。小萩はほっとして部屋を出た。


小萩が牡丹堂に戻ると、仕事場では徹次に留助に伊佐、幹太が仕事をしていた。

「どうだったよ？　春霞に怒られた？　二度と敷居をまたぐなとか言われなかったか？」

最中にあんを詰めていた幹太が冗談めかしてたずねた。

「春霞さんはやさしかった。でも、お菓子は気に入られなかった。もっと私らしい、私にしか考えられない菓子をつくってほしいって言われた」

小萩は春霞の言葉を伝えた。

「そうか。小萩にしかできない菓子かぁ。難しいなぁ」

どら焼きの皮を焼いていた伊佐が首を傾げた。

「もう少し女の子っぽい方がよかったんじゃないのか？　紅色を使ったりしてさ」

羊羹を竹の皮に包みながら留助が頭をひねる。

「若い侍が面白がるようなものだろ。今まで見たことがないような変わったものもいいかもしれないなぁ」

幹太がつぶやいた。

「今まで見たことがないような変わったものって？」

小萩がたずねた。

「うーん……。そうだ、たとえばさ、菓子が器になっているんだ。そこにお茶を入れて飲んで、その後、器も食べられる」

「さすが若旦那。そりゃあ、たしかに今まで見たことがない菓子だ。面白い」

留助が声をあげて笑った。

「しかし、問題がひとつあるな。茶会じゃ、お菓子を食べてからお茶が出る。順序が逆だ」

伊佐が苦笑いする。

「そうかぁ。お茶を飲むのは茶碗を食っちまった後ってことか。だめだこりゃ。がっかりだ」

幹太がおどけた。

「小萩も何かつくりたいものがあるのか？」

伊佐がうながす。

「そうねぇ……。ほかのものに似せたものはどうかしら。見かけは唐辛子にそっくりで食べると甘い」

小萩は思いつきをしゃべった。

「辛いと思って口に入れたら甘かったってことか？　前に梅干しそっくりの菓子をつくったな」

留助は思い出したらしい。二番煎じでは、だめか。

「そんなことはねぇよ。上手に広げればいいんだ。たとえばさ、握り寿司のようだけれど、じつは羊羹ってのはどうだ？」

伊佐が楽しそうに言った。

「うなぎのかば焼きに見えるけれど、煉り切りとか？」

幹太が目を輝かせる。

「海老の天ぷらのようだが、食べると甘い。食べて、なんだこりゃあとなる」

留助は笑う。

「海老を煉り切りにして、ころものところはどら焼きの生地にしたら天ぷらに見えるんじゃねぇのか？」

伊佐は真剣に考えはじめた。

ありがたい。だが、それではまたもや、小萩らしい、小萩でなければ考えられない菓子から離れてしまう。

「ありがとうございます。でも、少し自分一人で考えてみます」

小萩はお葉の菓子帖を開いた。

山芋のすりおろしを加えた皮であんをくるんだ真っ白な薯蕷饅頭に、紅色の点をおいた菓子。脇には……。

――今年初めての梅の花。

まくわ瓜に似せた丸い煉り切りの図。

――幹太、瓜を食べて笑う。

自分でも笑いながら描いていたのかもしれない。眺めている小萩も、つい笑顔になる。

なんて、すてきな菓子帖なのだろう。

小萩はため息をついた。

お葉が考えた菓子はお葉そのものとつながっていた。家族がいて見世があって、それらを大切に思うお葉が、日々の暮らしの中で感じたこと、発見したことが菓子になっている。

だから、お葉にしかつくれない菓子なのだ。

春霞が求めているのは、こういう菓子だ。

そうだ、そうだ、これでいいのだと、頭では分かる。

けれど、いざ自分で考えようとすると、うまくいかない。

「まだ、考えてるのか。お茶でも飲んで一息入れようぜ」

幹太に声をかけられた。

顔をあげると床几に腰をおろして休んでいる留助と伊佐が見えた。

以前だったらそんな余裕はなかった。なんとか間に合わせようと、必死の顔つきで仕事をしていたはずだ。

それはつまり……お客が減っているのだ。

伊勢松坂で二十一屋そっくりの菓子を出すようになって、お客の足が止まった。以前からのよっぽどのご贔屓は来てくれるが、そうでない人は伊勢松坂に行く。

同じ味なら安いほうがいい。しかも、伊勢松坂なら名が通っている。ならば、伊勢松坂の方がいいではないか……。そんな風に思われても仕方がない。

いずれ牡丹堂も勝代に乗っ取られてしまうのではないか。

小萩の胸にまたじわじわと不安が広がった。


夕方近くなって小萩が井戸端で洗い物をしていると、幹太がやって来た。

「久しぶりに伊勢松坂をのぞいてみようかと思っているんだ。小萩も来るか？」

幹太がたずねた。

松兵衛がいた時分には、幹太は伊勢松坂の仕事場にしょっちゅう出入りしていて、職人頭の由助はじめ、職人たちとも顔見知りになっていた。

小萩を誘うのは、以前のように出入りできなくなったからに違いない。

二人で大通りに出て、伊勢松坂に向かう。最初は勢いがよかった幹太の足が少しずつ鈍くなった。

行きたいけれど、行きたくない。そんな風に思っているのかもしれない。

見世の前まで来ると、お客を送って手代が藍色ののれんの間から出て来た。

幹太の顔を見て一瞬笑顔になりかけたが、すぐに目をそらした。少し前なら、「やぁ、若旦那」と向こうから声をかけてきたのに。

「おはぎが行って、中を見て来いよ」

幹太が仏頂面《ぶっちょうづら》で言ったので、小萩一人で見世の中に入った。

見世の中は今まで以上にお客がたくさんいる。右手には「伊勢松坂謹製特製羊羹」の文字があり、お客が大きくて重そうな羊羹を何棹《さお》も買っていく。きっと進物にするのだろう。ほかにも煉り切りに最中など、以前からの伊勢松坂の菓子が売られている。見本の菓子を入れている箱も立派だった。

左の方には「銘菓白吹雪饅頭」の札があり、その脇には大福にどら焼き、団子と書いた札もあり、手代が木箱に入った菓子をお客に見せていた。

それらは二十一屋のものとそっくりだった。

これまでの伊勢松坂は値段も高いが、良いものを売るという、少し気取った見世だった。だから、お客たちはみんな身なりがよかった。よそ行きの着物で行く見世だったのだ。

ところが今は普段着のお客が多い。

大きな声でしゃべりながら、大福や団子を買っていく。

つくりは同じなのに、違う見世に来たようだ。

誰かに見られている気がして顔をあげると、見世の奥に座っている大番頭の助右ヱ門と目があった。

——お前は牡丹堂の者だろう？　何の用だ？

そう言っているような目だ。

手代が小萩に近づいて来て、たずねた。

「何かお探しですか？」

「大福とどら焼きと団子、白吹雪饅頭をひとつずつお願いします」

小萩は言った。

お金を払って見世を出ると、幹太が道の端にしゃがんで待っていた。

「見世の中はどうだった？　白吹雪饅頭は売れてたか？」

「お客さんがいっぱいで、白吹雪饅頭も大福もよく売れてた。今までの伊勢松坂では見ないようなお客さんもたくさん来てた」

「そっかぁ。もう、前の伊勢松坂ではないんだな」

幹太は淋しそうな顔をした。

「ねぇ、仕事場の方に回ってみない？　由助さんたちが働いているでしょう？」

小萩が誘うと、幹太は少し笑顔になって立ち上がった。

仕事場は見世の裏手にある。細い路地の先に仕事場に入る戸が見えた。外から声をかけようとしたとき、中から太い、大きな怒鳴り声が聞こえた。

「おい、お前、何やってるんだ。ちゃんと注意してやれって何度言ったら分かるんだ」

何かにぶつかる鈍い音と子供の叫び声がした。

「すみません。すみません。許してください」

「使えねぇ奴は里に帰っちまえ」

勢いよく戸が開いて、こん棒のように太い腕をした男の姿が見えた。あごに黒子《ほくろ》のある肉の厚い顔に見覚えがあった。鷹一の下で働いていた男だ。男は子供を地面に投げ出すとぴしゃりと戸を閉めた。

子供は立ち上がると、泥だらけの手で戸にすがりついた。

「もうしません。気をつけます。許してください。だから里には帰さないでください」

涙を流しながら、必死に叫ぶ。だが、答えはない。

六歳か、七歳か。色のさめた着物は綿がろくに入っていないのか、ぺらぺらと薄い。その着物から伸びた細い脚に血が流れていた。

思わず一歩足を踏み出した小萩の袖を幹太がひいた。

「帰ろう」

小萩はうなずいた。

表通りに出て、しばらく行くまで二人とも何もしゃべらなかった。

ずいぶんたって幹太がぽつりとつぶやいた。

「俺はさ、いつか自分の見世を持つようになっても、奉公人をいじめるようなことは絶対にしないんだ」

幹太は握りこぶしで自分の腹をなぐった。

「きっと菓子屋で働けば腹いっぱい菓子が食べられるなんて口入れ屋に言われて、そんなことあるわけないのにさ、やって来たんだ」

菓子屋の仕事は厳しい。小豆や砂糖の袋は重いし、あんを煉るのも力がいる。水を使うから冬は寒く、夏はかまどの火で暑い。あん炊き十年といわれる修業がつらくて、逃げ出してしまう者も多いという。

「あんな風になぐったり、蹴ったりしたってあんこ煉るのがうまくなるわけじゃない。あいつは、ただ自分の力を見せたいだけなんだ」

それきり幹太は黙ってしまった。

大通りはいつものように人でいっぱいで、誰もが忙しそうに足早に歩いていた。冬の日は陰って、肌を刺すような冷たい風が吹いている。心まで凍ってしまったような気がした。

「ここで二人で大福食べましょうか。どら焼きやお団子は伊佐さんと留助さんにおみやげにすればいいし」

小萩が言うと、幹太は鼻で笑った。

「いいよ。こんな寒いところで食べたくないよ」

「私は今の嫌な気持ちを牡丹堂まで持ち帰りたくない。甘い大福を食べて元気になって帰りたい」

「そうだな」

幹太もうなずいた。

幹太を道の脇の柳の木の下に引っ張って行って、大福を二人で分けた。

大福の餅生地はやわらかく、こしがあった。中のあんの味もよかった。

「なんだよ。ちくしょう。うまいじゃねぇか。由助さんだろ、これ、つくったの。うちとそっくりの味だよ。なんで、伊勢松坂のあんを包まねぇんだ」

幹太は大きな声をあげた。

「伊勢松坂のあんはしっかりとして重たいから、大福にはうちのあんの味の方が合うんでしょ」

小萩が言うと、幹太は口をとがらせた。

「そうだよ。そんなこと、分かっているよ。だからって、まるっきり真似ることはねぇだろ。由助さんはさぁ、こんなこと絶対したくないはずだ。だって由助さんは伊勢松坂のあんこが日本一おいしいと信じている。そりゃあ、牡丹堂のあんこだって、まずいとは思ってないと思うよ。でも、由助さんがつくりたいのは伊勢松坂のあんこなんだ。いくら儲かるからって、よその見世のあんこをそっくりそのまま真似るなんて、菓子屋の魂が許さないよ」

幹太は悔しそうに地団太を踏んだ。

「それにさ、あの人は松兵衛さんのことをすごく尊敬しているんだ」

「そうなの？　松兵衛さんを？」

小萩は意外な気がした。

「な？　そう思うだろ。俺たちが知っているのは、牡丹堂に来てばあちゃん相手にくだらない話をしている松兵衛さんだ。けどさ、本当は違うんだって。いつか俺が冗談で、松兵衛さんはいい加減な人だって言ったことがあるんだ。そうしたら、由助さんがすごく怖い顔して怒った。そんなことを言っちゃいけない。あの人は生まれながらに菓子屋の主人だ。あの人には伊勢松坂の代々の主人から受け継いだ血が流れている。それは自分のように山の中で生まれて、ぽっと江戸に出て来た者には絶対に真似ができないんだって」

由助は十歳で伊勢松坂に来た。右も左も分からない由助を見どころがあると引き立てたのは松兵衛である。

「たとえば色なんだ。伊勢松坂の赤はきれいだろ」

伊勢松坂を表すのが赤色だ。華やかさの中に品がある。見ただけで伊勢松坂の菓子だと分かる江戸風の赤色である。

「赤一色ではあの色は出ない。ほんの少し黄や青を混ぜている。たくさん職人はいるけれど、あの色が出せるのは一人か二人しかいない。十年二十年と働いていても、あの色が出せない人もいるんだってさ」

由助はその赤色が出せた。だから職人頭になれたということか。

「でも、一度ではなかなか思った色にならないんだって。少しずつ色粉を加えて、調整してやっと思った色になる。だけど、松兵衛さんは一度で色が決まるんだって。ささっと簡単そうにつくってしまう。どうしてみんなできないんだって顔をするらしい。つまり、それが血だって言うんだよ。松兵衛さんの体の中には、伊勢松坂の先祖代々の血が流れている。松兵衛さんは伊勢松坂の主人になるべく生まれた人なんだって言うんだ」

幹太は天を仰いだ。

「そんなに思われているのに、伊勢松坂をなくしちまうなんて、松兵衛さんはひどいよ。とばっちりがこっちまで来るんだぜ。ああ、腹が立つ。もう、どら焼きも団子もここで食べちまおうぜ。牡丹堂に持って帰っても、みんな食べないよ。食べても悔しいだけだもん」

包みからどら焼きを取り出すと、幹太はぱくりとかじった。小萩も団子を口に運んだ。

腹が立つほど牡丹堂とそっくりな味だった。

「おや、どこかでお見かけした人がいると思ったら、牡丹堂のお二人ですね。どら焼きはおいしいですか？」

明るい声がした。

こんなところで声をかけてくるのは、いったい誰だろう？　声のする方に目をやると、はぜのお侍がにこにこ笑って立っていた。いつものように着古した藍色の着物で、髷が曲がっている。

「道端で菓子を食べるのは私だけかと思っていたら、お二人もそうだったんですね。じゃあ、私もお隣で」

懐から白吹雪饅頭を出して食べ始めた。

「おや、これはちょっとほかとは違うあんの味だ」

無造作に食べているようで、ちゃんと味わっているらしい。いったい、この男は何者だろう。

小萩は横目ではぜのお侍をちらりと見た。

若様のことがあったから、少々疑り深くなっている。

だが、幹太は屈託がない。

「その白吹雪饅頭は鷹一っていう、昔、うちで働いていた男が考えたんだぜ。小豆を炊くときふつうは水で何度もさらしてあくをきるけど、この菓子に使うあんはあくをきらないで炊く。嫌われもんのあくを味方につけたんだよ」

幹太が少し得意そうに説明すると、はぜのお侍はほうほうと真面目な顔で聞いている。

「つまり、白吹雪饅頭は特製のあんを使っているってことですね。ほかにも特製のあんを使う菓子はあるんですか？」

はぜのお侍がたずねた。

「いっぱいあるよ。最中のあんは皮がしとらないように固めに仕上げるし、どら焼きはぽってりしていたほうがうまいだろ。菓子によって使うあんが違うんだ」

「それはすごい。じゃあ、牡丹堂さんは何種類ぐらいのあんを使い分けているんですか？」

「そうだなぁ。基本は小豆あんと白あんだけど、それぞれに粒とこしがある。さらに最中用、どら焼き用と分かれている。ほかにうぐいすとか黄身あんとか変わりあんがある。十種類じゃきかないね」

幹太が言うと、はぜのお侍は感心したようにうなった。

「それじゃあ、大変だ。毎日、忙しいわけですねぇ」

はぜのお侍は白吹雪饅頭を食べ終わると、今度は最中を取り出した。

「朝から剣術の稽古をしていたので、腹が減っているんですよ。ところで、伊勢松坂の桐《きり》壺《つぼ》という菓子のことはご存知ですよね。一度食べてみたいと思ったのですが、今年はつくらないと言われてがっかりしました」

口をもぐもぐと動かしながら、残念そうな顔をした。

桐壺は伊勢松坂の三代目が考えた半生菓子で、表面はしゃりっとしているが、中はとてもやわらかい。口に含むとたちまち溶けて小豆の風味が口に広がる。唯一無二の絶品と茶人たちに愛されているが、とても手間がかかるのでつくれる数が決まっている。大半は常連客の手に渡るので、新規のお客はなかなか買うことができない。

小萩がそう説明すると、はぜのお侍は首をふった。

「いや、私もそういうことではないのかと確かめました。そうしたら、しばらくつくらないというのです」

「本当にそう言われたんですか？」

小萩が聞き返すと、はぜのお侍はうなずいた。

桐壺の製法は一子相伝である。一子相伝とは、奥義や秘儀を子供一人だけに伝えてほかにもらさぬことを言う。つまり、桐壺は松兵衛だけがつくることのできる菓子だった。

「松兵衛さんがいなくなったからつくれる人がいなくなったってことか？」

幹太が声をひそめた。

「そんなこと、許すかしら……」

あの勝代がという言葉を小萩は飲み込んだ。

桐壺の製法は伊勢松坂の宝。ならば、当然、それを手に入れたいと思うだろう。

「私はただの菓子好きだからそのあたりのことは分かりませんが、噂に聞いた幻の銘菓が本当に幻になってしまいました。残念至極、がっかりですよ」

はぜのお侍は肩を落とした。

三

その晩、台所の片付けを終えると、小萩は仕事場の隅で菓子を考えた。

自分らしい菓子、自分にしかつくれない菓子。そんな言葉が頭の中をぐるぐると回っている。

なにか楽しい仕掛けを工夫したらどうだろう。

思い出したのが、節分の菓子だ。

豆を入れる升を入れ物に使い、中にはおたふく豆の形の菓子を入れる。

升は益々繁盛の掛け言葉。おたふく豆は福を呼ぶの意味だ。

たとえば、めでたい春にちなんで、松竹梅。緑の松に白い梅の花を添えて……と絵に描いてみる。どこかで見たようだと思ったら、この前持って行った松の雪と色が同じだ。

小萩はがっかりして大きなため息をついた。

「どうしてそんな難しい顔をしているんだ？」

いつの間にか幹太が隣にやって来ていた。

「難しい顔していた？」

「ああ。眉がこんな風になっていた」

幹太は指で八の字をつくった。

「おふくろが昔言っていたけど、楽しい、幸せな気持ちでないと、いいお菓子は考えられないんだってさ」

お葉の菓子帖をぱらぱらとめくりながら言った。

「お葉さんはどんな風に菓子帖を描いていたの？」

「小さかった俺を脇において、伊佐兄も来てさ、三人でおしゃべりしながら描くんだ。『今日は何があった？』って聞くから、花が咲いていたよとか、虫をつかまえたとか、虹を見たとか言うんだ。おふくろは『それはよかったね』って言って、絵にする。おふくろの横にいるとさ、いい匂いがして、あったかくて気持ちよかった」

へへっと幹太は照れ臭そうに笑った。

そうして描き続けたのが、あの菓子帖だったのか。

「俺、思うんだけどさ。別に難しいことを菓子にしなくてもいいんじゃないのか？　いつも通りのおはぎを見せれば」

いつも通りの自分……。

それはいったい、どういうことだろう。

仕事場の戸が開いて、お福が顔をのぞかせて言った。

「小萩と幹太、まだ、起きているのかい？　明日も早いんだから、もう今日はそのくらいにして、お休み」

布団に入ったが、目がさえて眠れなかった。

そもそも、春霞はなぜ、小萩に声をかけてくれたのだろう。

たしか、以前、一度、春霞に菓子を見せたことがあった。

それは、小萩がふるさとの海の朝焼けを思い浮かべてつくったものだ。ふるさとの海は荒々しく、磯の香りが強い。真っ暗な冬の夜が明けて太陽が顔を出すと、海は深紅に染まる。空も雲も紅、青、黄に輝く。天地が華やかに色づくほんの一瞬を菓子に仕立てたいと思った。

菓子比べの前日、幹太に手伝ってもらって稽古のつもりでつくったものだ。人に見せるつもりはなかったが、荷物に紛れて霜崖の屋敷まで持って来てしまい、始末に困ってうろうろ歩いていたら、偶然春霞に出会ったのである。

菓銘を聞かれて、小萩はとっさに朝焼けと答えたら、春霞は「そのまんまじゃないか」と笑って、せめて曙としたらどうかと言った。

あの菓子を覚えていてくれたのだろうか。

精一杯つくったものだったが、腕は今以上に未熟で、取り立てて出来が良かったとは思えない。ただ、褒められる点があるとすれば、小萩の目で見て感じたものが素直に菓子になっていたということだ。

借り物でない、小萩自身の思いが形になっている。

小萩にしかつくれない色や姿だった。

春霞が求めているのは、そうした菓子ではないのだろうか。

そんなことを思いながら眠ってしまった。


朝、起きて雨戸を開けると、庭の草に霜がおりて一面銀色になっていた。それが朝の光を浴びて光っていた。

きれいだ。

思わずつぶやいた言葉が白い息になった。

あれっ？

たしか、お葉の菓子帖にも冬の庭を菓子にしたものがあった。

小萩はあわてて部屋の隅においたお葉の菓子帖を開いてみた。

「銀《しろがね》の庭　霜がおりて、雪が降ったよう」

羊羹の上に寒梅粉《かんばいこ》という白いもち米の粉を散らした菓子があった。

そうだ。これだ。

これでいいんだ。いや、これがいいんだ。

何かがすとんと腹に落ちた。

忘れないように栞《しおり》をはさんで、菓子帖を閉じた。

それからいつものように、みんなといっしょに大福を包み、朝餉の支度をした。その間、頭の中ではずっと菓子のことを考えている。

色は黒と白。

黒は羊羹。黒糖羊羹にしたら、漆黒の深い色になるだろう。

問題は白だ。

お葉は寒梅粉を散らしただけだが、せっかくだからもう一歩踏み込んでみたい。煉り切り、餅、求肥、山芋も白い。けれど、それらは定番の材料だから、驚きがない。

「なんだろうこれは？」と首をかしげるようなものが楽しい。

朝餉になり、みんなにご飯をよそったり、汁を運んだりする。その間を縫って自分も食べる。

今朝の味噌汁の具は大根の千六本だ。箸でつまむと白い針のように細い大根が現れた。

――あ、これだ。

小萩は胸がどきどきしてきた。

少なくなったとはいえ、昼前はおなじみのお客が来て菓子を買っていく。その相手をして、昼餉の支度をして、手が空いたのは夕方になってからだ。

小萩は大根を向こうが透けて見えるほど薄く切り、さらに汁に入れるときよりももっと細く、ていねいに切って薄甘く煮た。

黒糖羊羹を四角く切った上に、薄甘く煮た千六本の大根を並べた。

「あれ？　おはぎ、それ、大根だろ？　何をしているんだ？」

幹太がのぞきこんだ。

「ほう、今度は、なんだ？」

徹次もやって来てたずねた。

「霜がおりた朝の光景を菓子にしようと思いました。『銀の朝《あした》』という菓銘にするつもりです」

伊佐と留助も集まって来た。

「のせただけだと、大根が動くな。これから、どうする？」

冷静な調子で伊佐がたずねた。

「さっき絵に描きました。透き通った錦玉《きんぎょく》を流します」

小萩は傍らの絵を示した。

「よし、用意してやる」

伊佐が鍋を取り出した。

「この点々はなんだ？　寒梅粉か？」

留助がたずねた。

「そのつもりです」

「ほい、きた」

留助が棚から寒梅粉を取り出した。

錦玉が固まるのを待って、みんなで食べた。

ひんやりとした錦玉は冬の朝にふさわしく、大根のほろ苦さが黒糖の羊羹にあっていた。

「大根とはよく考えたな。これでいい。春霞さんに見せてみろ」

徹次が言った。


翌日、新しくつくり直した菓子を春霞のところに持って行った。

「霜がおりた冬の朝の光景を菓子に仕立てました。菓銘は銀の朝です」

小萩が説明すると、春霞はうなずいた。

「この白いものは何だい？」

春霞は首を傾げながら口に入れ、たちまち笑顔になった。

「大根か。それは考えなかったよ。面白い、面白い」

声を立てて笑った。

「なんだか、楽しそうだな」

襖が開いて、衣擦れの音とともに男が入って来た。

やせて、まっすぐな鼻と穏やかな目をしている。

この家の主人の白笛だった。

小萩は居住まいを正した。

近くで見る白笛は髪の白さが目立ち、首には深いしわが刻まれていた。そばにいる者の背筋が伸びるような威厳があった。

「今度の茶会の菓子か？　ずいぶん熱が入っているようだね。銀の朝か……。きれいな菓子じゃないか。茶を入れてくれるかな」

小萩が玉露を入れると、白笛は菓子を食べてうなずいた。

「霜のいと白きも……」

白笛がつぶやいた。

「またさらでもいと寒きに……」

春霞が続けた。

枕草子の冬の一節だ。

白笛は春霞に笑いかけた。春霞の白い頬がほんのりと染まった。二人だけに通じるような甘やかな時が一瞬流れた。

白笛は来た時と同じように静かに部屋を出て行った。

「枕草子がお好きなんですね」

小萩は言った。春霞は微笑んだ。

「あたしがはじめて手にした本だ。白笛との縁をつないでくれたのも、枕草子さ」

春霞は遠くを見る目になった。

「世間じゃ、どう噂されているか知らないけれど、そんなお芝居みたいな話じゃあないよ。あたしは七つで吉原に来た。それで夕霧《ゆうぎり》という花魁の禿《かむろ》になった」

禿は花魁のそばで世話をしながら廓《くるわ》のしきたりなどを身につける少女のことだ。

「だれでも禿になれるわけじゃないんだよ。何人もいる子供たちの中から選ばれるんだ。花魁道中のときは化粧をしてきれいな着物を着て、銀色のぴらぴらするかんざしもつけて、こうやって花魁の前を歩くんだよ」

春霞は腕を前に組んで歩く真似をした。

「あたしはひどい山の奥で生まれ育って、吉原がどういうところかも知らなかったから、禿の暮らしが楽しかった。うれしくて得意だった。夕霧姉さんもやさしかったしね。親と離れたことは何とも思わなかったけど、どっちを向いても山が見えないだろう。それが淋しい。そう言ったら、姉さんが、山のどこがいいんだよってたずねるのさ」

春霞の両親は読み書きがほとんどできなかった。寺子屋のある集落まで山路を半時も歩かなければならなかったし、貧しくてお礼を持って行くこともできなかったのだ。父親の口癖は「くそったれ」だ。暑くても寒くても、うれしいときも悲しいときも「くそったれ」と言った。

「そんな家で育ったから、あたしの知っている言葉はわずかなものだった。山はきれいとか、大きいとしか言えない。そうしたら姉さんが、あんたの言いたいことはこういうことじゃないのかいって、枕草子を読んでくれた」

――春はあけぼの。やうやう白くなりゆく、山際少し明かりて、紫だちたる雲の細くたなびきたる……。

「朝一番に水をくむのがあたしの仕事だったから、あたしは毎朝、山の夜明けを見ていた。この人は、どうしてあたしが見た朝の景色を知っているんだろうってびっくりしたよ。それから夏のところもさ」

――夏は夜。月のころはさらなり、闇もなほ、蛍の多く飛びちがひたる……雨など降るもをかし。

「夏はかんかん照りの中で草取りがあるから大変なんだ。雨が降ると仕事に出ないですむからうれしい。だけど、昼間ごろごろしているだろ、そうすると夜、眠れないんだよ。朝まで長いんだ。ずっと雨の音を聞いていた。そんな風で、あたしは枕草子には自分のことが書いてあるような気がした。姉さんに貸してもらって少しずつ字を覚えたってわけさ」

春霞はゆっくりと味わうように茶を飲んだ。

「その頃、白笛は姉さんのお客でね、何かの拍子に白笛が『香炉峰の雪は』と言ったんだ。あたしは風を入れたいのだと思って近くにあった簾《すだれ》をあげた。白笛さんが驚いて、枕草子を知っているのかとたずねたから、姉さんに教わって読んでいると答えた」

枕草子のどこが好きかと問われて、春霞は正直に答えたそうだ。

「田舎の話も全部さ。廓っていうのは夢を見る場所だから、そんな貧乏話をしたらいけないんだよ。だけど、白笛さんは楽しそうに聞いててさ、本を読むのはいいことだ。本を読めば言葉が増える。自分の気持ちや考えをほかの人に伝えることもできるし、ほかの人のことも分かるようになる。たくさん本を読みなさいと言ったんだ」

本に夢中になって夕霧の世話が少しおろそかになったことで、春霞はおかみから何度も叱られていた。

「本をすすめてくれたのは夕霧姉さんと白笛だけだったんだよ。その日から白笛は私の大切な人になった。惚れたはれたじゃないんだよ。もっと深いところで思う人だ」

それから長い時間が過ぎて春霞は花魁になり、白笛をお客にした。その何年か前に夕霧は別のお客にひかれて吉原を出ていた。

「おかしいね。もう何年も白笛といっしょにいるのに、今でも顔を見るとどきどきして胸が痛くなる。白笛はいまだに憧れの人なんだよ」

頬を染めた春霞から﨟長《ろうた》けた女の顔が消えて、無邪気な子供のような笑みが浮かんだ。

小萩はびっくりした。

恋というのは若者だけのことだと思っていたからだ。若い者にだけ許されたこと、そう信じていた。

だが、春霞のような大人の女も胸がどきどきしたり、頬を染めたりするのだ。

菓子比べの日、霜崖の屋敷ではじめて春霞に会った時、「橋姫《はしひめ》のかたしき衣さむしろに待つ夜むなしき宇治《うじ》の曙」という歌をそらんじた。

必ず来ると約束したのに、恋しい人は来ない。とうとう朝になってしまったという意味だ。ほかに好きな女《ひと》ができたんじゃないかという不安な気持ちと、会ったらあんな話をしよう、こんなことも聞こうっていう甘やかな思いがない交ぜになった感じがすると言っていた。

あの時の待っている相手とは白笛だったのだろうか。

白笛と春霞はずいぶん年が違う。ほとんど親子のようだ。

それでも恋をするのだろうか。

廓の恋は遊びの恋。楽しむための恋だと聞いたけれど、本物の恋もあるのだろうか。小萩の胸にさまざまな思いが一度に湧き上がった。


牡丹堂に戻ると、みんなが小萩を待っていた。

「おう、どうだった？　今度は気に入られたか？」

徹次が声をかけた。

「春霞さんにも、白笛さんにも面白いと言っていただけました」

「そうかぁ、それはよかったねぇ」

お福が言った。ほっとしたような声だった。

「でかしたな」

徹次もうれしそうだった。

仲春

勝負をかけた揚げ饅頭

一

茶会の日となった。

早朝、小萩は徹次と伊佐とともに根岸の里の白笛の別邸に向かった。茶室は木立の中にあった。白笛が亭主となって客を迎える。お客となるのは各藩の次代を担うといわれる五人の俊英たちである。

奥に回ると春霞が出迎えた。髪をおとなしい形に結い、藤色の無地の着物を襟を抜かずに着た春霞は、凛とした美しさをみせていた。

「こちらが本日の主菓子、銀の朝です」

徹次が木箱の蓋を取った。漆黒の羊羹の上に透明な錦玉をはり、その中に細く、薄く切った大根がさえざえとした白さを見せている。

「ああ、きれいにできたねぇ。この大根はお前さんが切ったのかい？」

春霞が小萩にたずねた。

「はい。羊羹は親方がつくりましたが、大根を切ったり並べたりしたのは私です」

大根は大きさや細さを変えて何種類もつくり、並べ方を工夫した。徹次だけでなく、弥兵衛やお福にもたずねて決めたものだ。

小萩の答えに春霞はうなずくと、干菓子の箱を開けた。ねじ梅と松葉の押し物は砂糖と米の粉を木型に入れて形づくったもので、口の中ですっと溶ける。こちらは徹次と伊佐がつくっている。

亭主の補佐を務める半東《はんとう》が一礼して菓子箱を受け取った。


やがて茶会がはじまる時刻になった。小萩はそっと茶室の様子をうかがった。

お客たちはいずれも若い。三十になるかならずという年頃か。落ち着いた様子で端然と座っている。主客は名家の生まれらしい品の良さがあり、その隣は白皙《はくせき》の学者然とした容貌、さらに鼻筋の通った、きりりとした顔立ちの男が続く。なるほど俊英とはこういう人たちのことをいうのかと、小萩は目をこらした。

末席にどこかで見たような顔があった。

少し考えて、あっと思った。見世によく来る、あの色の黒いはぜのお侍ではないか。まっさらな絹の着物を着て、一筋の乱れもないように髪を整えていたのですっかり見違えてしまった。

そばにいた半東にそっとたずねた。

「あちらに座っていらっしゃる方はどなたでしょうか？　牡丹堂に何度かいらしていただいています」

「ああ、あの方ですか？　あちらは新しく山野辺藩の留守居役になられた杉崎主税《すぎさきちから》様です」

「山野辺藩の留守居役、ですか？」

小萩は聞き直した。

留守居役は江戸藩邸に常駐し、参勤交代で藩主が国元に戻っているときには公務を担う一方、幕府との連絡役、他藩とも交流を深めるという重要な役職である。

「藩主様の信も厚く、白笛先生はあれこそ傑物とおっしゃっていました」

団子を立ち食いしている様子はのんきそうで、とても傑物には見えなかった。しかし、小萩は黙ってうなずいた。

「何事もご自分の目で見て、聞いて考えるというのが杉崎様のお考えで、江戸にいらしてからも、寺社のにぎわいから日本橋の市場、井戸掘りの事情までじつにさまざまなことを調べていらっしゃいます。藩の行く末を真剣に考えていらっしゃるのでしょう」

「そうですか」

留守居役とは思えない粗末な着物も、いつも曲がっている髷も、町を歩いても目立たないようにと考えてのことかもしれない。

小萩はそう納得することにした。

徹次と伊佐に杉崎が山野辺藩の留守居役であると伝えると、二人も意外そうな顔をした。

「しかし、いい機会だ。山野辺藩からあれ以来、なぜ、お声がかからないのかたずねてみようじゃないか」

徹次は言った。それで茶会が終わるのを三人で屋敷の外で待った。

他のお客たちは立派な駕籠で帰っていく。さらに待っていると杉崎が一人、ふらりと出てきた。

「杉崎様」

小萩が声をかけると、驚いた様子もなく「おお」と答えた。

きちんと髷を結い、絹の豪華な着物を着ているが、日に焼けた顔に浮かべた人懐っこい笑みはいつも通りのはぜのお侍だ。

「ついに名前を知られてしまいましたなぁ。これからもよろしくお願いいたしますよ。しかし、今日の菓子はよかった。大根とは考えましたね。白笛さんも褒めていました」

その言葉に小萩は思わず顔をほころばせた。

「山野辺藩の方とは存じ上げず、失礼をいたしました」

徹次が頭を下げた。

「いやいや、黙っていたのは私の方です。以前から二十一屋さんのお菓子を使いたいと御台所役に伝えているのですが、なかなか首を縦に振らないのですよ。私のような若輩に頭ごなしに言われたらいい気はしないでしょうから、そのままになっているんですがね」

杉崎は申し訳なさそうな顔をした。

小萩の頭に渋面を浮かべた御台所役の二人の顔が浮かんで消えた。

「何かこちらの不手際がございましたでしょうか？　言っていただければ、よろしいようにいたします」

徹次がたずねた。

「御台所役にも何か考えがあるのでしょう。私から一度、詳しく話を聞いてみます」

そう言うと、肩を振るようないつもの歩き方で去っていった。

「御台所役は役得の多い役職だって言うからな。伊勢松坂が手をまわしているんじゃねぇのか？」

伊佐が苦い顔をした。

御台所役はどこの藩でも裕福な暮らしをしていると世間では言われている。ひとつには見世からたくさんの付け届けがあるからだ。さらに、余った材料を自分たちの自由にしていいという暗黙の了解があるらしい。殿様の料理には魚なら身の一番いいところだけを使うし、ご飯もたくさん炊いてお膳にあげるのはほんのひとすくい。残ったものは捨てる……というのは表向きで、売りさばいてしまうこともあるらしい。

「御台所に伊勢松坂が取り入っているということですか？　だけど、何も注文を独り占めしなくてもいいじゃないですかねぇ。うちと上手に分け合えば」

小萩は頬をふくらませた。

「独占しているほうが金になるんだ。値段も自由に決められるしな。商いってのは、そういうもんだ」

徹次はそう言うと、表情を変えた。

「山野辺藩のことも大事だが、もう一度、お客を見世に呼ぶことも必要だな」

伊勢松坂に菓子を真似られて、お客が減った。このまま見過ごしてはいけない。何か一手打ちたいと、徹次は言った。

見世に戻ると、幹太と留助が粉をふるっていた。

「何をやっているの？」

小萩がたずねると、幹太がいたずらっぽい顔で答えた。

「揚げ饅頭だよ。浅草の方で人気だって聞いたから、試しにつくってみるんだ」

「そうだな。面白いかもしれないな」

徹次ものってきた。

饅頭に天ぷらのころもをつけてごま油で揚げてみた。たちまち白い小さな泡が浮かび、小気味のいい音を立てた。くるりとひっくり返して取り出すと、ころもは黄金色に染まっている。

「いい香りだなぁ」

幹太が鼻をひくひくさせた。

「おや、何をつくっているんだい？」

お福も顔をのぞかせた。弥兵衛もちょうど帰ってきたところだった。

「味見をしてみようか」

徹次の言葉にみんなが手をのばした。小萩が一口かじると、熱せられてやわらかくとろけたあんが口に溢れた。

「ひゃあ、あふいけど、おいひい」

小萩は思わず叫んだ。

「いいじゃないか」とお福が言い、「悪くない」と弥兵衛もうなずいた。みんなも笑顔になっている。

「ころもをもう少し工夫した方がいいかもしれないな。白吹雪饅頭のような目新しさはないが、確実に売れる。今はそういう品物が大事なんだ」

徹次は言葉に力をこめた。

それから徹次と留助、伊佐が揚げ饅頭にとりかかった。幹太も粉を計ったりして手伝う。

小萩は見世でお客の相手をしながら、ときどき見に行った。

夕餉ができても、四人は夢中になって手を休めようとしない。

「おはぎ、俺は油の匂いで腹がいっぱいだ。飯はいいから、しょっぱいものをくれ」

幹太はそんなことを言った。

小萩はお福と相談して、四人に味噌汁と青菜の煮びたしを持って行った。

夜遅く完成した揚げ饅頭は小ぶりの饅頭をごま油でかりっと香ばしく揚げたものだった。

あんは黒糖を加え、甘さはかなり控えめだ。

「名前をどうするかだな？」

徹次が首を傾げた。

「牡丹堂の揚げ饅頭でいいじゃねぇですか？　分かりやすくて」

伊佐が言って、それに決まった。

「よし、明日から、俺はこれを通りで売る。おはぎも来いよ」

幹太が言った。

「鷹一さんのように？」

小萩はたずねた。

鷹一は最初、日本橋の通りに立って白吹雪饅頭を売ることからはじめた。わずかの間に名前と顔を売り、白吹雪饅頭の噂が広まったころを見計らい、天下無双の見世を開いた。それは水際立ったみごとな手並みだった。

「いや、そこまでは思ってねぇけどさ」

幹太は頭をかいた。

「面白いじゃねぇか。のぼりをつくってやるよ」

留助はどこからか布を探してきて、大きく「二十一屋牡丹堂　揚げ饅頭」と書いたのぼりをつくった。お福も二人に籠を用意してくれた。

翌日、幹太と小萩は揚げ饅頭を二十個持って通りに売りに出た。

「牡丹堂です。二十一屋です。揚げ饅頭はいかがですか？」

道に立って声をかけた。籠に入った揚げ饅頭はまだ温かく、ごま油と砂糖の混じった甘い香りを漂わせている。

だが、小萩たちの呼びかけに足を止める人は少ない。ちらりと見て、そのまま通り過ぎていく。日本橋界隈は見世も多いし、物売りもたくさんいる。いちいち気に留めてはいられないのだ。

勢いよく出てきたのに、幹太がもじもじしはじめた。そうなると、小萩もなんだか急に恥ずかしくなってしまった。

「鷹一さんは喋りが上手だったからなぁ」

幹太は寒さで赤くなった鼻の頭をかいた。

それに鷹一は男ぶりがよかった。役者のように白足袋で見得をきった。人が集まってくると、笑わせたり、驚かせたり、ちょいと小馬鹿にしてみたり、自在な語り口で引き付けた。

小萩と幹太のように、ただのぼりを立てて声をかけても、人が集まってくるというものではないらしい。

「揚げ饅頭はいかがですか？」

「あんこたっぷりです。おいしいですよ」

二人で代わる代わる声をかけた。その声がだんだん小さくなる。

「声が小さいなぁ。もっと大きな声を出さないと聞こえませんよ」

振り向くと、杉崎がいた。いつものように藍色の古びた着物で髷は横をむいている。その様子は留守居役という立派な役職の杉崎主税ではなく、牡丹堂に菓子を買いに来るはぜのお侍である。

杉崎は懐から金をとりだした。

「試しにひとつ、いただいてみましょう」

受け取ると、立ったままむしゃむしゃと食べはじめた。

「揚げたてかぁ。ほかほか温かい。甘くてうまいなあ」

大きな声で言ってくれた。

「揚げ饅頭か。いくらだ？」

通りがかりの男が近づいてきてたずねた。

「はい。十文です」

「ひとつ、くれ」

男もその場で食べ始めた。

「なんだ、あったかいじゃねぇか」

「揚げたてですから」

「そういうのは早く言えよ」

笑って言った。

次々とお客がやって来て買ってくれた。気づくと杉崎の姿は消えていた。

「揚げ饅頭はいかがですか？　ほかほかの揚げたてですよ」

小萩は大きな声を出した。

「お、うまそうだな。ひとつくれ」

また別の男がやって来た。

「二十一屋って浮世小路にある見世だろ」

「はい、揚げ饅頭を新しく売り出しましたので、みなさんに知っていただきたくて、通りに出てきました」

「そうか。しばらく行ってねぇなぁ。伊勢松坂のほうが安いからさ」

「そんなこと言わないで、うちにも来てくださいよ」

小萩が言う。

「そうだなぁ。なんか、このごろ、あの見世のあんこは水っぽいんだよなぁ」

そんなことを言うお客がいた。

二十個を売り切って見世に戻ると、お福がにこにこしながら待っていた。

「山野辺藩からお使いが来たんだよ。明日、来てくださいってさ。きっといい話だよ」

どうやら、話が進み始めたようだ。さっき杉崎が来たのも、そのことと関係があるのかもしれない。

「もう一回、売りに行ってきます」

小萩は元気のいい声をあげた。

それから幹太と小萩は毎日昼過ぎと夕方、小腹の空く時間を狙って通りに立った。

「おい、揚げ饅頭、ひとつくれ」

横柄な言い方にびっくりして目をあげると、顔に見覚えのある伊勢松坂の職人がいた。あごに黒子のある大柄な男で、鷹一がいたときはその下で菓子をつくっていた。男は揚げ饅頭を受け取ると立ったまままもぐもぐと食べて言った。

「味は浅草の方といい勝負だな。しかし、お前のところは真似ばっかりだな。どうせやるなら、白吹雪饅頭みたいな、世間がびっくりするようなもんを出せよ」

意地の悪い言い方をした。

たしかに白吹雪饅頭にくらべたら、牡丹堂の揚げ饅頭は平凡だ。付け焼刃な感じは免れない。しかし、今の伊勢松坂がそれを言うことができるのか。

小萩は言い返したかったが、それを言ったら喧嘩になると黙っていた。けれど、幹太は我慢できなかったようだ。

「伊勢松坂こそ、牡丹堂の真似をしているじゃねえか。大福もどら焼きもうちのとそっくりだ」

強い調子で言い返した。男は待ってましたという顔になった。

「へっ。大福なんかどこの見世だって大した違いはねぇじゃねぇか。勝代様が来て、伊勢松坂も変わったんだ。今までみたいに気取った店じゃなくてさ、これからは大福にどら焼き、団子みたいなもんにも力を入れようってことになったんだよ。まあ、それでお前のところのお客がごっそりこっちに来ちまったなぁ。困ったねえ」

「相手にしないの」

小萩が幹太の袖をひいたので、幹太は唇を噛んでうつむいた。男は幹太を挑発するようにさらに言った。

「それにさあ、こっちには鷹一さんが残してくれた菓子がいっぱいあるんだ。それを由助がつくるんだ。待ってな。驚くよ。まぁ、お前のところのあの親父じゃ揚げ饅頭がせいぜいだろうけど」

男は最後の一欠片《ひとかけ》を口に放り込むとぱんぱんと手を払った。

「勝代さんが言っていたよ。お前の親父は真面目だけが取り柄の男だった。鷹一さんのほうが腕も才覚もあった。けど、娘のお葉さんがお前の親父を選んじまったから、鷹一さんは出て行くことになった。牡丹堂は貧乏くじをひいたんだよ。鷹一さんが牡丹堂にいたら、今みたいじゃなかった。面白い菓子をたくさんつくって見世を大きくしていたって」

幹太の顔色が変わった。

「だめだってば。向こうは幹太さんを怒らせようとしているのよ」

小萩はさらに強く袖をひいた。

「わかっているよ」

そう言う幹太の握ったこぶしがぶるぶると震えている。

「お前の親父は鷹一さんに焼きもちを焼いていたんだよ。腕も劣るし、男振りでも劣る。だから鷹一さんを体よく追い出したんだ」

「言うな」

ついに我慢できなくなった幹太が怒鳴った。

「ほう、やる気か？　へなちょこ」

男が黄色い歯を見せて笑った。

幹太はこの一年でずいぶん背が伸びたが、その分体は細い。男は上背もあるし、腹にも腕にも肉がついている。とても幹太のかなう相手ではない。

「帰りましょう」

小萩は幹太の腕をつかんだ。その手を振り払い、幹太は男をにらみつけている。

「おう、喧嘩が始まるのか？」

「やれよ、やれ」

いつの間にか幹太と小萩、男の三人を取り囲むように人が集まってきた。

「分かったような口を利くな。親父のすごさを知らねぇくせに」

「ああ、そうだよ。俺には分かんねぇなあ。お前の親父はあんこ煉っているだけじゃねぇのか。菓子はその昔、お前のところのじいさんが考えたものをなぞっているだけだ」

「ちがうわい」

顔を真っ赤にした幹太が男の胸倉をつかんだ。

「やめて、幹太さんやめて」

小萩が叫んだ。

「お前の親父は、あんこ煉っているだけだって言われて、そんなに悔しいか」

男の太い腕が幹太の手を払った。

「もういっぺん言ってみろ」

「何べんでも言ってやらあ。お前の親父はあんこを煉っているだけの能無しだ」

幹太の右手があがり、男の頰が鳴った。男は幹太につかみかかり、二人は地面に転がった。

「よし、喧嘩だ」

「やれ、やれ、どんどんやれ」

野次馬がけしかける。

「幹太さん、やめて。もうやめて。お願いだから」

小萩は二人を引き離そうとして、男に振り払われ、尻もちをついた。売り物の揚げ饅頭が地面に転がり、幹太はさんざんに殴られている。

「もう、やめてください。幹太さんが死んじゃいます」

小萩は泣きながら、男にとりついた。

「お嬢ちゃん、このぐらいで死にゃしねえよ。俺たちに逆らうとこういう目に遭うって、よく言ってやんな」

男はそう言ってすごむと去って行った。

小萩は幹太を助け起こし、牡丹堂に戻った。泥だらけで顔に傷をつくった幹太を見て、お福は卒倒しそうになった。

「どうしたんだい。だれにやられたんだい」

お福の問いに幹太は答えない。口を真一文字に結び、目だけをぎらぎらと光らせていた。

けれど、それで話は終わらなかった。半時ほどのち、見世に勝代がやって来た。男物のような目の粗い黒っぽい着物を着て、白粉気《おしろいけ》のない整った顔に髪をひっつめている。

「おかみさんはおいでかい」

勝代は低い声で小萩にたずねた。小萩はお福を呼んだ。

「聞いているだろうけど、お宅のお孫さんがうちの若いもんにけがをさせた。腕があがらないからあんこが煉れないと言っている。先に手を出したのはそっちだそうだ」

手を出すように仕向けたのはそっちではないか。殴られたのは幹太の方で、腕があがらないなんてことがあるはずがない。

小萩は腹が立って悔しくて、勝代をぐっとにらみつけた。

「それはまぁ、本当に申し訳ないことで。相済みません」

そんな小萩の様子を目の端に見たけれど、お福はさらりと頭を下げた。

お客たちは顔を見合わせ、何人かは出て行った。

「ここではなんですから、奥へどうぞ」

「いや、ここで結構。すぐ終わる」

勝代は冷たく答えた。小萩がお茶を持って出てくると「お茶はいらない」と冷たく断った。そして、値踏みするように四方に目をやって見世の様子を眺めた。

勝代は感情のこもらない暗い目をしていた。

少しして仕事場からのそりと徹次が姿を現した。

「今、幹太に確かめやした。たしかに先に手を出したのは幹太だが、そちらが因縁をつけてきたそうじゃないですかい」

口調は穏やかだが、毅然とした調子で徹次は言った。

「ほう、息子をかばうのかい？」

勝代の眉がくいとあがった。

「かばっているわけじゃ、ありやせん。ありのままを言っているんで」

徹次と勝代の視線がぶつかった。先に目をそらしたのは勝代の方だった。

ふふと勝代が笑った。ぞっとするような冷たい笑いだった。

「親が親なら、子も子だよ。若い者の喧嘩にいちいち目くじらを立てるつもりはないけどね。けがをさせられたら、こっちの仕事に差し障る」

お客たちは隅に集まって、何かこそこそ言い合っている。

「見世ものじゃない。じろじろ見るんじゃないよ」

勝代が低い声で言うと、お客たちは顔を見合わせ、そろそろと出て行った。

「あたしだったら、いっそ性根をたたき直してやるけどね。こちらさんはなんでも大甘みたいだから、よくよく注意しとくれ」

捨て台詞を残して去ろうとする勝代の背中に、お福が言葉を投げた。

「まぁ、こんなところまでわざわざ出張《でば》っていらっしゃるっていうのは、そちらさんにも焦りがあるんじゃないですかねぇ」

勝代の足が止まった。

お福はひとり言のようにつぶやいた。

「揚げ饅頭のおかげかねぇ。一時少なくなったお客さんがうちに戻ってきているんだよ。やっぱり、うちの大福が食べたいってね。どっかの見世の大福は最初こそおいしかったけど、このごろは甘くなくなって水っぽいんだってさ。お客っていうのは正直なもんだからさ」

勝代は何も言わずに出て行った。

姿が消えると、お福は小萩に言った。

「ああ、気色悪い。塩撒いておくれ。幹太も今日のことは忘れるんだよ。明日は山野辺藩に行かなくちゃならないしね。騒ぎはこれでおしまいだよ」

結局、そのことがあって、その日は揚げ饅頭を売りに出ることはやめになった。


小萩が夕餉の野菜を買いに出た帰り道、弥兵衛が釣竿を持って向こうから歩いてくるのが見えた。夕暮れというには少し早い時間だったが、どうやらすでに一杯ひっかけているらしい。

「なんだ、小萩、夕餉の支度か？　そういや、昼間、幹太の大立ち回りがあったそうだな。そのせいで勝代が見世に来たそうじゃねえか」

「大立ち回りじゃありません。ちょっとしたいざこざです」

因縁をつけてきたのは向こうなのに、幹太が先に手を出したと言われた。あれは幹太の殴られ損だ。

「揚げ饅頭がお気に召さないって言っていたか？」

「そうかもしれません」

「小さな芽のうちにつぶすってか？　そういうところはさすがにはしっこいなぁ。かなわねぇよな」

弥兵衛はにやにや笑っている。

「どうして、そんなことまで知っているんですか？」

「そりゃあ、お前、ご注進、ご注進って知らせてくれる奴がいるんだよ。幹太はなんで、怒った？」

「私の口からは言えません」

「徹次のことか？　鷹一の方がいいとか言われたんだろう」

「それもご注進があったんですか？」

「まぁ、そんなことじゃねぇかと思ったんだ。言っとくけどな、職人としての腕なら徹次の方が鷹一よりもはるかに上だ。そりゃあ、鷹一はめずらしい菓子をたくさん知っているさ。器用だし、はったりもかます。そういううわべの派手さに惑わされる奴もいる。だけど、あいつは職人としての根っこが弱い。あちこち渡り歩いていたから根っこを強くする暇がなかったんだな。根っこが弱けりゃ、大きな木にはなれねぇ」

「でも……」

小萩は言いかけて口をつぐんだ。

「なんだ、言ってみろ」

弥兵衛が小萩をじろりと見た。

「親方は旦那さんの仕上げたものをなぞっているだけだ。あんこを煉っているだけだって言われました。それで幹太さんの堪忍袋の緒が切れたんです」

ははと、弥兵衛は大きな声で笑った。

「も少し分かっているかと思ってたけど、幹太もまだまだだな。あんこは菓子屋の命なんだ。あんこ煉って上等じゃねぇか。その先のあれこれは、やろうと思えばいつだってできるんだ。そう思うだろ」

「いえ、あ、はい」

小萩はうなだれた。

あんこ煉っているだけだ。そう言われて小萩もかっとなった。小萩が幹太の立場だったら、やっぱり後先考えずに向かっていっただろう。

「ま、親想いってことだな」

弥兵衛は白髪頭をぽんとたたいた。

その日、夕餉の後、小萩が井戸端で鍋を洗っていると伊佐がやって来た。

「手伝うよ」

「いいです。これは、私の仕事だから」

伊佐は黙って小萩の手から鍋をとって洗い出した。

「幹太さんは親方のことを言われて喧嘩になったんだってな」

「最初は我慢していたんですよ。でも、向こうが意地の悪いことを言うから、悔しくて手が出ちゃったんですよ」

「仕方ねぇなぁ」

伊佐は片頰だけで笑った。

「まともにあたったら勝ち目がないのは見れば分かるのに。後先考えないんだから」

「それぐらい親方のことが大事なんだよ。親想いなんだ。そう思える親がいるっていうのは、幸せなことさ。うらやましいよ」

小萩は伊佐が父親の顔を知らないことを思い出した。母と二人で暮らし、その母親にも七つのときに去られた。

「子供のころ、夢みたいに考えていたことがあったんだ。いつかおふくろが帰って来るんだ。きれいな着物を着て、幸せそうな顔をして。そいで俺に言うんだ。『この人があんたの本当のおとっつぁんだよ。訳あって離れていたけど、また、いっしょに暮らすようになったんだ。だから、お前を迎えに来た。また、三人で暮らそうね』って。親父はお店《たな》ものか、職人か。どっちにしろ、まっとうな商いをしている立派な男なんだ」

小萩は以前会った、伊佐の母親の姿を思い出した。

突然、伊佐の前に現れた母親は借金を抱え、暮らしに困っていた。伊佐には頼れる身内はひとりもいない。

「牡丹堂に引き取られて、いっぱしの職人に育ててもらった。それでも、やっぱりそんな夢を見る。本当の親に会いたい、いっしょに暮らしたいと思う俺は欲が深いんだろうな」

「そんなことはないですよ。だれだって自分の親のことは大事なんです」

「富くじでも当たったら、おふくろを呼んでいっしょに暮らせるのにな。ついでに親父も探してみるか」

そう言った伊佐の横顔はひどく淋しそうだった。

二

翌日、徹次と伊佐、小萩は山野辺藩の藩邸に向かった。風のない穏やかな日で日差しが暖かい。どこからか梅の香りが漂ってきた。

女中に案内された部屋には、すでに勝代と由助が来て座っていた。驚いたのは由助の変わりようだ。もともとやせていたがさらに肉が落ちて頬がこけ、あごがとがっている。病気ではないようだが、奇妙に目だけが鋭く光っている。

「これはまた……」

徹次が軽く頭を下げると、勝代は無言で牡丹堂の三人に型どおりの会釈をした。勝代の隣の由助は少し困った顔で頭を下げた。

ずいぶん待たされて、二人の役人が現れた。やせて鶴のように首が長い老人が台所役首座の井上三郎九郎勝重。もう一人の四十がらみの猪首の男が補佐の塚本平蔵頼之だ。

勝代と由助、牡丹堂の三人も平伏した。

塚本が口を開いた。

「わが藩では長年伊勢松坂を御用菓子屋としていた。理由は伊勢松坂が格式ある見世で、菓子の味がよく、姿も気品にあふれていてわが藩にふさわしいと判断したからである」

小萩は平伏したまま、勝代の方を見た。背中しか見えなかったが、その背中は「当然だよ」と言っているように思えた。

「しかし、二十一屋の菓子を使ってはどうかという声もある。ことに奥向きの女中たちからそのような声が上がっているそうだ。そこで協議の結果、以下のように判断をした」

みんなは顔をあげて塚本を注視した。

「菓子比べをいたすことにした。日にちは明後日だ。こちらで行う。どのようなものでもよい。菓子を一品用意せよ。公平を期して札を入れてもらうことにした。とりまとめて、こちらで判断する」

しかし、明後日とはずいぶんと急な話だ。

「ありがたき幸せ」

勝代が平伏する。由助も続く。

「かしこまりました」

徹次が答え、伊佐と小萩も平伏した。


牡丹堂に戻ると、弥兵衛とお福、留助と幹太が待っていた。

「饅頭の注文か？」

幹太が期待をこめた目でたずねる。

「そう簡単にはいかねぇな」

徹次が説明した。

「なんだよ。菓子比べなんて言って、結果はもう決まっているんじゃないのかい？」

お福は不満顔である。

「まぁ、そう言うな。菓子比べをするってだけでも前進だ。杉崎様のご配慮だろう。牡丹堂は牡丹堂らしい菓子をだせばいいんだ」

弥兵衛がおおらかな調子で言った。


お客がきれたので小萩が仕事場に行くと、徹次は出かけていて、留助と伊佐、幹太が菓子比べの話をしていた。

「伊勢松坂が何を出してくるかだな。もともとの伊勢松坂の菓子に加えて鷹一が伝えていった菓子がある」

伊佐は腕を組んだ。

「俺は桐壺を出してくるだろうと思うね。銘菓といわれているし、特別なお客でなければ手に入らないといわれる。そういうところが、お武家の方々の気持ちをくすぐるんだよ」

留助が妙に自信を持った言い方をした。

桐壺は表面はしゃりしゃりとして、中はやわらかく、口の中ですぐに溶ける半生菓子だ。三代目が考案したもので、製法は一子相伝。伊勢松坂の当主だけに伝えられる。

「だけど松兵衛さんがいなくなって、桐壺のつくり方を知っている者はいなくなったって話だよ」

幹太が首を傾げた。

「それがさぁ、こんな噂があるんだ。お滝の話によるとだ」

留助はもったいぶって、三人の顔を見た。お滝は留助の女房で、お滝が今も時々手伝いに行っている居酒屋には伊勢松坂の職人たちが出入りしている。

「松兵衛さん一家がいなくなる前の日、松兵衛さんは由助さんを呼んで二人で長いこと釜の前にいたそうだ」

職人たちはあの時、桐壺のひみつが伝えられたと考えている。

「だけど、由助さんはそれを頑として認めない。自分は桐壺については何も聞いていないって言い張っているそうだ」

「どうして知らないって言うんだよ」

幹太がたずねた。

「そりゃあ、松兵衛さんに義理立てしているんだろ。俺だって嫌だよ。松兵衛さんがあんな風に出て行くことになったのも、勝代が裏にいたからだって噂があるじゃねぇか」

留助が分かった風な口をきく。

「そうだな。上等の小豆と砂糖でつくるから桐壺になるんだ。妙な菓子になっちまうくらいなら、やめたほうがいい」

伊佐も感慨深げに続ける。

「だけど、相手はあの勝代よ。由助さんが本当に桐壺のつくり方を知っているなら、いつまでも黙っていることなんかできないわよ。どんな手を使っても聞き出そうとするんじゃないかしら」

小萩は由助の異様なやせ方を思い出して言った。

「気の毒なこった。あいつは運が悪いんだよ。お滝には嫌われる、見世はよりにもよって勝代のものになった。勝代派の大番頭や鷹一さんの下にいた職人が幅をきかせて、今までいた奴らは不満を持っている。そいつらをまとめて、今まで通りの伊勢松坂の菓子をつくろうってんだ。そりゃあ、並みの苦労じゃないさ」

留助はしみじみとした口調になった。

それで、四人はしばらく気の毒な由助の運命について思いをはせた。

「ちょっと待ってくれよ。同情している場合じゃないんだよ。とにかく勝たなきゃならないんだ」

幹太が改めて気づいたように声をあげた。

「そうだな。今、大事なのは牡丹堂が何を出すかだ」

伊佐もうなずく。

「やっぱり『花の王』じゃねぇか」

留助が言った。それは弥兵衛が考えたもので、長く幻の菓子といわれてきたものだ。

「ああ、順当なところだ。京菓子との対決でも勝ったしな」

「花の王がまた見られるのね。うれしい」

小萩は優雅な菓子の姿を思い出して、うっとりとした。

その時、幹太は突然、大声をあげた。

「だめだよ。花の王はないよ。あれはじいちゃんの菓子だ」

「まぁ、そうだけどな」

留助がつぶやく。

「俺はもっと新しい菓子がいい。みんなが驚くような、おいしくてきれいで、楽しい菓子を出さなきゃだめなんだ」

殴られて青あざを残した顔がいらだっているように見えた。

「だけどどうするんだよ。菓子比べは明後日だ。時間がねぇよ」

伊佐の言葉に、幹太は「それでもだよ」と重ねる。

花の王を出したら、やっぱり徹次は弥兵衛の仕事をなぞっているだけだと言われてしまう。幹太はなんとしても新しい菓子を出して、これが徹次だ、今の牡丹堂だと、見せつけたいのだ。

「ありがたいな。その意気だ」

いつの間に戻ったのか、徹次が戸口のところにいた。

「花の王はたしかにいい菓子だ。だが、今の二十一屋にふさわしい菓子があるんじゃないかとも考えていたんだ。たしかに時間はあまりないが、ここは頑張りどころだ。そう思わないか？」

「親方が言うなら、そういうことで」

留助が不承不承にうなずく。

「できるよ。絶対できる」

幹太が飛び上がりそうになって言う。

「わかりやした」と伊佐が言い、小萩も「手伝わせてください」と名乗り出た。

「よし、そっちの方向で進めるぞ」

徹次の言葉に幹太は目を輝かせ、「がってんだ」と声をあげた。

三

翌日、先日の礼を言いに、小萩は一人で春霞をたずねた。

みぞれの降るような寒い日で、空はどんより曇っている。春霞の座敷は暑いほど火鉢の火がおこっていた。

「あたしは寒がりでね、手も足も冷たい。毎年、炭屋を喜ばせているよ」

手土産の揚げ饅頭を見せると、春霞は喜んだ。

「うれしいねぇ。杉崎さんが褒めていたから、食べたいと思っていたんだよ」

小萩はさっそくお茶を入れた。

「お礼にひとつ、教えてあげよう。上《うえ》つ方《かた》というのは、案外、こういうおやつ菓子が好きなんだよ。ふだん、食べないだろ。めずらしがって喜ぶんだ。廓でも、なじみになったお客に、わざと町場の菓子を出すんだ。そうすると、特別扱いされた気がするらしいよ」

春霞は機嫌よさそうに、ふふんと笑った。

「それより今日はなんだい？」

「先日の茶会のお礼にうかがいました。春霞さんの言葉がなかったら、銀の朝は生まれませんでした」

「あたりまえのことを言っただけだ。礼には及ばないよ。だけど、それだけで、ここまで来たのかい？」

どうやら小萩の心はお見通しらしい。

「じつは、今日は大島楼の勝代さんのことをうかがいたくて参りました。お聞きになっているかもしれませんが、私どもは伊勢松坂さんと山野辺藩のお屋敷で菓子比べをすることになりました」

「なるほど、また勝代と菓子比べをするのかい。それは大変だ。この前、勝代はお前さんたちとの菓子比べで負けて大恥をかいた。今度は負けられないと思っているだろうねぇ」

「そうだと思います」

「いっそ、勝ちを譲ったらどうだい？　へたに勝っちまったら、ただじゃすまないかもしれないよ」

「そういうわけにはいきません。菓子比べというなら、こちらも最善を尽くします」

小萩は頬をふくらませた。

「元気のいいことだ」

春霞は楽しそうに言った。

「お願いというのは、勝代さんがどういう人なのか、教えていただきたいのです。勝代さんは怖い人だとおっしゃる方もいます。伊勢松坂も勝代さんに乗っ取られたという噂もあります。いったい、どういう人生を送って来た人なのか。同じころ、吉原にいらした春霞さんならご存知のこともあるかと思いました」

「なるほど、そういうことか。だけど、見世が違うから、あたしが聞いたのは噂だよ。どこまで本当かは分からない。それでもいいかい？」

「はい」

小萩はうなずいた。

「じゃあ、その前にもう一杯、お茶を入れてもらおうか」

春霞が言った。

小萩はいつものように時間をかけてていねいにお茶を入れた。巻きの細い玉露はゆるりとほどけて、香りが広がった。

「勝代は五歳で大島楼に入った。あたしは違う見世にいたから、勝代の噂を聞いたのは、それから五年ほど後のことだ。勝代は十になり、あたしは十四で禿から振袖新造《ふりそでしんぞう》になっていた。夕霧姉さんは身請け話が固まって、あたしもいよいよ突き出しってときだった」

春霞は夕霧の後を継ぐ遊女として売り出されようとしていた。

「大島楼に変わった娘がいると話題になったんだよ。とにかく算盤が速くて正確で、主人も番頭も頼りにしている。主人が試しに金を渡して、なんでもいいから増やしてみろと言ったら、吉原の大門脇で刀の柄《つか》にかぶせる柄袋と鞘《さや》にかぶせる引はだを売って儲けたというんだ」

吉原に来た男たちは見栄をはりたいから、自分のくたびれた柄袋や引はだを新品と取り換えて中に入った。ほどなく勝代は仕入れた品を売り切った。

「目の付け所が並みじゃない。ただものではないと驚いた大島楼の主人が商いのあれこれを仕込んでいるというんだよ。お客を取るのが嫌で算盤の腕を磨いたそうだ。あたしは花魁に出世することが遊女の花道と思っていたからね、不思議な気がしたよ」

ここまでは小萩が川上屋の冨江に聞いた話と同じだ。

次に噂を聞いたのは、それからさらに五年ほどのち。すでに春霞は花魁になっていた。

「大島楼の主人が死んで、業突く張りの女房がしゃしゃり出てきた。昔からいる番頭をみんな追い出して、見世を仕切っている。残ったのは例の算盤娘だけだって話だ。女房はとにかくけちで、金に汚い。出入りの商人はそれでみんな泣かされた。女たちもひどい扱いを受けているという話だ」

「どうして、勝代さんだけが残されたんでしょう？」

「ぶたれても、蹴られても、文句を言わずに算盤をはじいているからだって聞いたよ。大島楼の主人は勝代のことをかわいがっていた。だから、見世に出さずに商いを教えたんだ。だけど、女房は違う。勝代にも客を取れといったんだ。あの器量だからもったいないと思ったんだろ。結局、勝代は客を取らされた」

春霞は切なそうな顔をして、ふうっと深い息を吐いた。

小萩は話に聞いた廓の暮らしのことを思って、胸の奥が痛んだ。

「それからまた何年か過ぎた。大島楼の女房が死んだ。酒に酔って風呂でおぼれたんだってさ。葬式に行った者が仰天した。勝代が喪主になっていた。これこの通りと見せた証文には、養女として勝代の名があった。大島楼は勝代のものになっていたんだ。あの女が二十《はたち》のときだ」

部屋は暑いほど火鉢の火が赤く燃えているのに、小萩の背中がふっと寒くなった。

大島楼といえば、吉原でも指折りの妓楼だ。そのすべてを遊女である勝代が受け継いだ。

普通に考えたら、ありえない。あるはずがないことが起こったのだ。

「廓を動かすのは色と金。人の欲がむき出しになる場所なんだよ。あたしはね、夕霧姉さんがいたし、白笛にも出会った。運がよかったんだ。上澄みのきれいな場所にいられた。だけど、あの女は違う。底の方の臭い泥水に腰まで浸かって生きてきた。真っ白な布だって汚れるよ。何度洗っても抜けないくらい芯のほうまで汚くなるのさ。気の毒にね」

小萩は自分の指が震えているのに気づいた。

牡丹堂はそんな女を敵に回そうとしているのだ。

「そうやって、あの女は金を手に入れた。金があれば、人は動く。金の前にひざまずく。大島楼を大きくして、かんざし屋に料理屋と次々手を広げて金を儲けた。今じゃ、溢れるほどの金持ちさ。だけど不思議だと思わないかい？　あの女はちっとも幸せそうに見えないよ」

言われて小萩は気がついた。

勝代はいつも暗い目をしている。口元は笑っても目が笑っていない。

「たとえば、母親に甘えたこと、はじめて人を好きになってどきどきしたこと……。朝起きたら空が晴れていて気持ちがいいなんて、小さな幸せをあの女は感じたことがあったのかねぇ。いつも腹をすかせて、どうやったら怒られたり、殴られないですむかとびくびくしながら暮らしていたのかもしれないよ」

春霞は小萩の顔をちらりと見た。

「楽しい、幸せな思い出っていうものは、金じゃ買えないんだ。だから、大事なんだ。人を大切に思う気持ちは、大切に思われた人間にしか生まれないんだよ。あの女は賢い。その上、人一倍欲が深い。自分がなぜ他人を信じられないのか、辛くあたるのか、ちゃんと分かっている。そして、そういう幸せをあたりまえのように手にしている奴が嫌いだ。憎くて、悔しい。腸《はらわた》が煮えくり返るような気持ちがする」

「それじゃあ、周りの人、みんなが憎いということですか？」

小萩はたずねた。春霞はしょうがないねぇというように笑った。

「お前さんがあたりまえだって思っていることは、世間じゃ全然あたりまえじゃないんだよ。親兄弟にかわいがられて育って、見世の人たちも親切でやさしくて、江戸に行って菓子を習いたいなんてのんきなことが言えるのは、どんなに恵まれているか考えたことがあるのかい？　勝代は牡丹堂が大嫌いだ。みんな仲良くて幸せそうだからね。なかでも、一番腹が立つのはお前さんだよ」

「私がですか？　そんな、勝手に憎まれても困ります」

小萩の声がひっくり返った。

「しょうがないだろう。もう嫌われているんだから」

春霞は楽しそうにお茶を飲みほした。

牡丹堂に戻ると、昼を過ぎていた。仕事場から笑い声が聞こえた。

「おお、小萩か。今、明日の菓子のことを相談していたんだ」

徹次が振り返って言った。

「今、揚げ饅頭を持って行こうかと話をしていたんだよ」

伊佐が教えてくれた。

菓子比べは明日だというのに、みんなとても楽しそうだ。

「だって、みんなで新しい菓子を考えるんだぜ。わくわくしないか？」

幹太が言った。

——みんな仲良くて幸せそうだからね。

春霞の言葉が思い出された。

勝代になくて、牡丹堂にあるのは、この力なのだ。

「だけどさぁ、揚げ饅頭っていうのは、おやつ菓子だろ。上品な殿様、姫様のお口に合うのかねぇ」

留助が首を傾げた。そう言われて、伊佐も自信がなくなったらしい。困った顔になった。

「おそらく伊勢松坂は桐壺か、羊羹を出してくるだろう。同じようなもので勝負をしても難しい。揚げ饅頭は面白いと思うぞ」

徹次の言葉に小萩も続けた。

「私もそう思います。春霞さんが言っていました。上つ方は上品なものばかり食べているから、おやつ菓子のようなものをめずらしがって喜ぶんだそうです」

「よし、分かった。それじゃあ、揚げ饅頭でいってみよう。だが、このまんまってわけにはいかねぇぜ」

　徹次がみんなの顔を見まわした。

「留助、なんかねぇのか？」

　たずねられた留助は腕を組んで考えている。

「そうだ。小さく、品よくつくってみたら、どうでしょうねぇ」

「なるほど、それもいいな。伊佐はどうだ？」

「ころもをつけずに、揚げてみるっていうのは？」

「幹太は？」

「揚げたての熱いやつを出す」

　順にたずねていく。小萩の番になった。

「小萩はどうだ。なんでもいい、言ってみろ」

　徹次の言葉に、最初に揚げ饅頭を食べたときの舌が焼けるような熱々のあんの味がよみがえった。

「揚げたての饅頭をかじったら、中からとろけた熱いあんが飛び出してきました。あんな風にやわらかいあんが溢れてきたら驚きます」

徹次が「ほお」という顔をした。

「たしかに、それは今までにない菓子だ」

留助が膝を打つ。

「だけど、御殿には毒見役とかがいて、殿様が食べるときはなんでも冷めているって聞いたぞ」

幹太が言った。

「よし。揚げたてを食べてもらうことはあきらめよう。だけど、冷めていても外側はさくっとして香ばしく、食べると中から、とろりとやわらかいあんが流れ出るようにはならないかなぁ」

徹次が言った。小萩の口に一瞬、さくさくとして、そのあと、とろりと甘い揚げ饅頭の味が広がった。

「外にごまをまぶすと香ばしくなりませんか?」

「それは、うまそうだ」

伊佐がうなずく。幹太も味を想像したのだろう、うっとりとした顔をしている。

「おお、決まったなぁ。あとはつくるだけだ」

留助が言って、みんなが笑った。

しかし、あんは冷めれば固まってしまう。どうしたら、冷めてもとろりとなっているだろう。

とろみをつければいいということになり、あんに寒天や葛を加えた。

水の分量を多くすれば、あんはやわらかくなる。しかし、包むことは難しい。

「ちぇ。うまくいかねぇなぁ」

幹太がつぶやいた。

あれこれと試しているうちに日が暮れた。火のあるかまどの近くは暖かいが、仕事場の隅に行くと息が白くなる。小萩の指先も凍えて赤くなった。けれど、気持ちは高揚している。

もう少し、あと少しで答えが見つかりそうな気がしていた。

夕餉になったが、みんなの話題はどうやったら「とろり」になるかということばかりだ。

「つまり、包むときは固まっていて、食べるときは汁になっていればいいわけだ」

留助が鰈《かれい》の煮つけを食べながら、もう何度も言った言葉を繰り返す。

「寒天も葛もうまくいかなかったなぁ」

伊佐は味噌汁を飲みながら首をひねる。

「ほかに、何かあるかよ」

ご飯をかきこみながら幹太がたずねる。

「おかゆも煮ると糊になりますけど」

小萩が言ってみたが、「糊になったら溶けないよ」と幹太に笑われた。

そんな様子を徹次は黙って見ている。弥兵衛はにこにこ笑い、お福は心配そうにしていた。

「もしかして、旦那さんや親方はつくり方が分かっているんですか？」

小萩がたずねた。

「分かっていたら教えてるさ。いやね、なんか、若い者が一生懸命になっている姿ってぇのはいいもんだなぁと思って見てたんだ」

弥兵衛が言った。

その言葉から、弥兵衛が孫の幹太はもちろん、留助や伊佐や、もしかしたら小萩にも多くの期待を寄せていることが伝わってきた。春霞が言っていた、牡丹堂の幸せとは、きっとこのことだと小萩は思った。

裏の戸をたたく音がして開けると、留助の女房のお滝がいた。走って来たのか、荒い息をしていた。

「ご飯どきにすみませんね。うちの人はいますか？」

「なんだ、お滝、どうしたんだ？」

留助がやって来た。

「見世で伊勢松坂の職人たちがもめているんだよ。明日、なんか大事なことがあるんだろ。仕事を終えた職人たちが飲んでいたら、あごに黒子のある大きな男が来て、のんきに酒なんか飲んでんじゃねぇって怒って、言われた職人たちも言い返して……」

「そこには、だれがいるんだ？　由助さんもいるのか？」

徹次がやって来てたずねた。

「いるよ。伊勢松坂に昔からいる職人さんたちが四人。後から来たのは三人。なんだか、いつもと様子が違うんだ。殺気立っているっていうか……」

菓子比べのことで、もめたのだろうか。

伊勢松坂に何が起こっているのだろう。

「だけどさ、俺が行ってどうなるんだよ」

留助が困ったような声を出した。

「そんなこと言ったって、あんたしか頼む人はいないじゃないか。いつもの調子でさ、うまいこと言って、仲直りさせてくれよ」

「騒ぎを起こさせて、見世から追い出そうってんじゃねえのかぁ。由助たちに先に手を出しちゃいかんって言ってやりな」

お滝とのやり取りを聞いていた弥兵衛が遠くから声をかけた。

「わかった、俺が行く」

徹次が腰を上げた。留助が渋々という様子でお滝の後に続く。伊佐と幹太、小萩も後を追いかけた。

寒々とした月が道を照らしている。居酒屋の近くまで来ると、怒鳴り声が聞こえてきた。数人の男たちの黒い影が動いている。ひときわ細いやせた姿は由助だろう。

夜遅くというのに人が集まって遠巻きにしている。その人の群れにまぎれた。

「俺たちはそこいらの駄菓子屋じゃねぇ。ちゃんとしたまっとうな仕事がしてぇんだ」

男の甲高い声が響いた。

「おとしの豆であんこが炊けるかってんだ」

別の声があがる。

「ふざけるな。てめぇの腕が悪いのを棚にあげて、豆のせいにするな。だいたい由助がだらしねぇんだ。おめぇがちゃんと抑えねぇから文句が出るんだ」

太い声がかぶさる。

「由助さんのせいにするな」

一人の男がこぶしを振り上げた。

「そうだ」

「もう、我慢できねぇ」

声が響いた。

「おう、やるのか。いいぞ、叩き潰してやる」

太い声が答え、怒声が飛び交った。

二つの波が高くなって、もう少しでぶつかりあう。そう思ったときだ。

「手を上げるな。上げたら奴らの思うつぼだ。我慢しろ。先に手を出させて、お前らを追い出すつもりだ。一時の感情に流されるな」

徹次の太い声が響いた。

一瞬、あたりが静まった。

やがて、由助の声がした。

「そうか。昔の伊勢松坂はもうないのか」

すうっとその場の熱が冷めていく感じがした。

「やっと気づいたか。昔の伊勢松坂はもう、ねぇんだ。昔の夢になっちまったんだよ。今あるのは、勝代様の伊勢松坂だ。お前ら、出て行きたいなら、出て行けよ。だけど、店主に逆らって店を抜けた職人に行くところがあるのかい？　どこにも行けねぇようにしてやるぜ」

「そうだな。その通りだ」

由助の乾いた笑い声が聞こえた。何かが抜け落ちたような声だった。心が折れたとき、人はああいう声を出すのだろうか。

由助はみんなに背を向け、すたすたと歩き出した。職人たちも気が抜けたようになって散り散りになった。野次馬たちが去り、小萩たちも戻った。帰り道、だれも何も言わなかった。

まだ、揚げ饅頭は完成していないというのに、牡丹堂に戻ったみんなは力が抜けたようになっていた。

「あれじゃ、由助さんが、かわいそうすぎるよ」

幹太がつぶやいた。

「そうだな。いい職人なのに。あんなにやせて、体も心も傷ついている」

重い空気が流れた。

「お前たち、まだ仕事は終わっていないんだぞ。小萩、熱いお茶をくれ」

徹次が言った。

仕事場の隅に置いた鍋を取りに行った幹太が大きな声をあげた。

「あれぇ、あんこが凍りかけて固くなってるよ」

「なんだって？」

伊佐が聞き返した。

徹次が急いで幹太のところに行き、鍋の中をあらためた。

すぐに饅頭の皮で包んで、白ごまをまぶし、ごま油で揚げてみた。

ごまは金色に染まり、饅頭の皮はからりと揚がった。冷めたころを見計らって半分に切ると、あんがとろりと流れ出た。

「おいしそう」小萩が言った。

「よし。これだ」幹太が叫んだ。

「いいぞ、いいぞ」伊佐が笑う。

「これは、すごい菓子だよ」留助が小躍りする。

「できたな。これでいい」徹次が満足そうにうなずいた。

「名前はどうするんだよ」

幹太が徹次にたずねた。

「『香箱《こうばこ》』はどうだ？　おいしいものが隠れているという意味だ」

それからみんなで、あんと水の塩梅、饅頭の皮の厚さ、揚げ油の温度などを調整した。葛を少し加えると口どけがよいことも分かった。納得がいく形になったのは夜が白々と明けてくるころだった。


約束の時間に合わせ、昼少し前、徹次と小萩、幹太は菓子を入れた通い函を抱えて山野辺藩に向かった。本当は伊佐が行くはずだったが、幹太が自分が行くときかなかったのだ。

「だって、小萩と菓子を届けていたのは俺なんだぜ。どうでも、今日、行きたいんだよ」

幹太はそう言って譲らなかった。

山野辺藩の屋敷に行くと、すでに勝代と由助がいた。

勝代は徹次を一瞥しただけで何も言わずに前を向いた。由助の顔は白く、あごはさらにとがって目だけが異様に光っていた。

やがて、井上三郎九郎勝重と塚本平蔵頼之が現れた。

「菓子をあらためさせてもらう」

頼之の言葉を受けて、勝代はうやうやしく箱を開けた。

「伊勢松坂に代々伝わる銘菓、桐壺でございます」

その言葉を聞いて、思わず小萩は顔をあげ、菓子に目をやった。

にぶい光を放つ薄紫の美しい半生菓子だった。余分な飾りは一切なく、ただ、四角く平らにつくり、それをほどよい大きさに切ってある。材料は砂糖と小豆だけ。けれど、その味わいは唯一無二。姿は風雅の極み。

これが、その桐壺か。

伊勢松坂は桐壺を出してきた。

やはり由助は桐壺のつくり方を伝授されていた。

昨夜の騒ぎはこの桐壺とかかわりがあったのだろうか。

小萩はいろいろに思ったが、それは憶測にすぎず、勝代の隣で由助は硬い表情で座っている。

「これが噂に聞いた桐壺か。初めて見る。美しい」

勝重が吐息のような言葉をもらした。

「お褒めの言葉、ありがたき幸せにございます」

勝代が平伏して、由助も続く。

二十一屋の番である。

徹次が菓子箱を開けた。

「菓銘は香箱。揚げ饅頭で中に面白い仕掛けがございます」

勝重と頼之は意外そうに眼《まなこ》をしばたたかせた。

「花の王ではないのか。あの菓子が来ると思ったが」

頼之が言った。

「あの菓子は先代主人、弥兵衛が創製しました菓子です。私の代になりましたからには、私の菓子をお持ちするのが筋かと」

徹次が落ち着いた様子で答えた。

「揚げ饅頭とな？　あれは茶店で売るような菓子ではないか？」

「茶店で売る団子も仕立て方次第で茶席菓子になります。揚げ饅頭の香ばしさ、味わいはそのままに、品のよいもてなしの菓子に仕上げました」

「そうか、まぁ、そういうことなら」

二人は少しつまらなそうに言った。

「協議の上、追って沙汰する」

従者が菓子を持って行き、二人は去った。

その途端、勝代がくいと顔をあげ、徹次を見た。

「桐壺が来るとは思っていなかっただろう？　ところがちゃんとあるんだよ。驚いただろう？　今頃、奥のみなさま方はえもいわれぬ味わいに心を奪われているだろう。桐壺はそういう菓子なんだ。揚げ饅頭なんぞで、この私に勝てると思っていたら大間違いさ」

かかと笑った。由助は何かに耐えるように顔をゆがませた。

勝代は青あざを頬に残した幹太をちろりと見て、小萩に目を移した。

感情のこもらない冷たい目だった。底なしの沼のように、ずぶずぶと沈んでいきそうな気がした。

目をそらしてなるものか。小萩は見つめ返した。

勝代は何も言わず、部屋を出て行った。由助が続いた。

立ち上がろうとして小萩はよろけて膝をついた。

一瞬のことだったのに、勝代に力を吸い取られたような気がした。

藩邸の外に出ると、幹太が心配そうに徹次にたずねた。

「やっぱり勝代の勝ちなのか？」

「さあな。菓子を気に入ってくれたら注文が来る。そうでなければ、それっきりってことだ」

徹次が淡々とした調子で答えた。

「ちぇ」

幹太が小石を蹴った。

「まだ負けと決まったわけじゃない。みんなで頑張って、牡丹堂らしい面白いいい菓子ができた。自慢していい」

晴れ晴れとした顔で徹次が言った。

夕方、見世をしめようとしていたとき、杉崎がやって来た。ちょうど、小萩が見世にいるときだった。

「今、親方を呼びますから、少しお待ちください」

小萩はすぐに仕事場に声をかけた。仕事場のみんなははっとしたように手を止め、徹次を見た。徹次がゆっくりと見世に出てきた。座敷にいた弥兵衛とお福もやって来た。

「今日はありがとうございました。みんなもとても喜んでいました」

「それはよかった」

　徹次の顔に笑みが浮かんだ。

「とくに奥の方々は楽しまれたようです。奥方様はお若い、無邪気な方ですから、ことに喜ばれたということです。私どものいる部屋にまで、笑い声が響いてきました。ぜひ、またとお声がかかりました」

　杉崎は笑顔で言った。

「公平を期すために札を入れたのですが、それも同数でした。これで御台所役も納得です。正式に二十一屋にお出入りを許すことになりました。私の顔も立ちましたよ」

　その言葉を聞いて、お福がそっと涙をぬぐった。弥兵衛が穏やかな目をしてうなずいている。

　裏の方で、叫ぶ声が聞こえた。

　我慢できなくなった幹太が大声をあげているらしい。小萩もうれしくなってにこにこと笑った。

　最初に藩邸にうかがってからふた月あまり。長い道のりだった。

　小萩と幹太は菓子を持って、藩邸に通ったのだ。

「あっ」

　小萩は小さく声をあげた。菓子を持ってご機嫌うかがいに通った方がいいと教えてくれたのは、杉崎だった。

「いろいろ教えていただき、ありがとうございました」

ていねいに頭を下げた。

「なに、こちらのみなさんの力ですよ。これからも楽しませてもらいますよ」

そう言って去って行った。


その夜、牡丹堂は身内だけの小さな宴を開いた。

鯛の尾頭つきに紅白のかまぼこ、それに卵焼きだ。みんなの顔がほころんでいる。いろいろのことがあって、今日という日を迎えることができた。

「本当に、良かったよ。大枚をはたいた通い函が無駄になったら、どうしようかと心配していたんだよ」

少しの酒に頬を染めたお福の本音が出る。

「まったくだよ。おかみさんは妙な占いに凝ってしまうし」

留助が小さな声で隣の伊佐にささやいた。

「そうだな。親方とも言い争ったしなぁ」

伊佐もうなずく。

「なんだって。あたしが何かしたって？」

地獄耳のお福は二人の話を聞きとがめた。

「いやいや。幹太さんも成長したなって話で」

留助があわてて取り繕った。

「しかし、香箱、あれはいい。よく考えた」

弥兵衛が徹次をねぎらう。

「黒蜜が凍っているのを見つけたのは俺なんだよ」

幹太がうれしそうに手柄話をする。

「私も頑張りましたから」

小萩も話に割り込む。揚げ饅頭が上つ方に喜ばれるという話を聞いてきたのは小萩だ。

まったく春霞の言った通りだった。

今は朝方まで香箱にかかりっきりで、徹次をはじめ、留助も伊佐も幹太、小萩もほとんど眠っていないのに気持ちが高揚して、話がつきなかった。

宴が終わり、小萩が井戸端で洗い物をしていると、人の気配があった。

「どなたですか？」

声をかけると、木立の陰からほっそりとした人影が現れた。由助だった。

「親方に一言、ご挨拶をと思いまして」

低い声で言った。小萩は徹次を呼んだ。徹次が姿を現すと、由助は改まった様子で頭を下げた。

「今までありがとうございました」

「そうか」

徹次はだまって由助の顔をながめた。そして言った。

「行くのか？」

「はい」

「ご苦労だったな。苦しかっただろう」

由助は苦く笑った。ひどく疲れた顔をしていた。

「松兵衛さんは由助さんに桐壺を託したんだな」

徹次が静かな声で言った。

「いなくなる前の日、松兵衛さんに呼ばれました。これは伊勢松坂の主人だけが教えられる技だって。どうして、私にってたずねましたけれど、笑って答えなかった」

翌日、松兵衛は姿を消して、伊勢松坂は勝代のものになった。

「だから、私は伊勢松坂を守ってくれと松兵衛さんから託されたと思ったのです。伊勢松坂の技や気風を伝えるのは私の仕事だと気張っていました。でも、それは思い上がりでした。伊勢松坂は消えました。あの見世にあったあれこれは、全部幻になってしまいました」

小萩は由助のやせた細い肩を見た。由助はもうこれ以上できないというところまで精一杯頑張って、戦ってきたのだろう。

「由助さんは十分やったよ。伊勢松坂の職人の意地をみせたよ」

「もう、いいですかねぇ。これしか方法はないんです。明日になれば、桐壺のつくり方をほかの職人たちに教えろと言われます。それだけは嫌なんです。だから、見世を出るなら今晩しかないんです」

由助は真面目な顔で徹次にたずねた。

「松兵衛さんもすまねえな、ありがとうって言っていると思うぜ」

「だといいんですが。では、ここらで」

小さく頭を下げて由助は背を向けた。

「行く当てはあるのか？」

徹次は由助の背中に声をかけた。

「深川に年取った夫婦がやっている小さな菓子屋があります。見世を任せると言ってくれました。そこに行きます。いつか人を雇えるようになったら、伊勢松坂の仲間を呼びたい。そんな夢のようなことを考えているんですよ」

「ああ、できるよ。由助さんならきっとできる。達者でな」

由助の姿は闇に消えた。冷たい風が吹き、闇はいっそう濃くなった。徹次はいつまでも、その闇を見つめていた。

〈主要参考文献〉
『事典　和菓子の世界』中山圭子（岩波書店）
『辞書から消えたことわざ』時田昌瑞（角川ソフィア文庫）
『新訂　新古今和歌集』佐佐木信綱校訂（岩波文庫）
『枕草子』清少納言／池田亀鑑校訂（岩波文庫）

光文社文庫

文庫書下ろし
ひかる風《かぜ》　日《に》本《ほん》橋《ばし》牡《ぼ》丹《たん》堂《どう》 菓《か》子《し》ばなし㈣
著　者　　中《なか》　島《しま》　久《ひさ》　枝《え》

2019年 6 月20日　初版 1 刷発行

発行者　　鈴　木　広　和
印　刷　　豊　国　印　刷
製　本　　ナショナル製本

発行所　　株式会社　光　文　社
〒112-8011　東京都文京区音羽1-16-6
電話（03）5395-8149　編　集　部
8116　書籍販売部
8125　業　務　部

ISBN978-4-334-77853-8　Printed in Japan

組版　萩原印刷